El Signo de los Cuatro

Por

Arthur Conan Doyle

Capítulo I

La ciencia del razonamiento deductivo

Sherlock Holmes cogió el frasco de la esquina de la repisa de la chimenea y sacó la jeringuilla hipodérmica de su elegante estuche de tafilete. Ajustó la delicada aguja con sus largos, blancos y nerviosos dedos y se remangó la manga izquierda de la camisa. Durante unos momentos, sus ojos pensativos se posaron en el fibroso antebrazo y en la muñeca, marcados por las cicatrices de innumerables pinchazos. Por último, clavó la afilada punta, apretó el minúsculo émbolo y se echó hacia atrás, hundiéndose en la butaca tapizada de terciopelo con un largo suspiro de satisfacción.

Yo llevaba muchos meses presenciando esta escena tres veces al día, pero la costumbre no había logrado que mi mente la aceptara. Por el contrario, cada día me irritaba más contemplarla, y todas las noches me remordía la conciencia al pensar que me faltaba valor para protestar. Una y otra vez me hacía el propósito de decir lo que pensaba del asunto, pero había algo en los modales fríos y despreocupados de mi compañero que lo convertía en el último hombre con el que uno querría tomarse algo parecido a una libertad.

Su enorme talento, su actitud dominante y la experiencia que yo tenía de sus muchas y extraordinarias cualidades me impedían decidirme a enfrentarme con él.

Sin embargo, aquella tarde, tal vez a causa del beaune que había bebido en la comida, o tal vez por la irritación adicional que me produjo lo descarado de su conducta, sentí de pronto que ya no podía aguantar más.

—¿Qué ha sido hoy? —pregunté—. ¿Morfina o cocaína?

Holmes levantó con languidez la mirada del viejo volumen de caracteres góticos que acababa de abrir.

—Cocaína —dijo—, disuelta al siete por ciento. ¿Le apetece probarla?

—Desde luego que no —respondí con brusquedad—. Mi organismo aún no se ha recuperado de la campaña de Afganistán y no puedo permitirme someterlo a más presiones.

Mi vehemencia le hizo sonreír.

—Tal vez tenga razón, Watson —dijo—. Supongo que su efecto físico es malo. Sin embargo, la encuentro tan trascendentalmente estimulante y esclarecedora para la mente que ese efecto secundario tiene poca importancia.

—¡Pero piense en ello! —dije yo con ardor—. ¡Calcule lo que le cuesta!

Es posible que, como usted dice, le estimule y aclare el cerebro, pero se trata de un proceso patológico y morboso, que va alterando cada vez más los tejidos y puede acabar dejándole con debilidad permanente. Y además, ya sabe qué mala reacción le provoca. La verdad es que la ganancia no compensa la inversión. ¿Por qué tiene que arriesgarse, por un simple placer momentáneo, a perder esas grandes facultades de las que ha sido dotado? Recuerde que no le hablo sólo de camarada a camarada, sino como médico a una persona de cuya condición física es, en cierto modo, responsable.

No pareció ofendido. Por el contrario, juntó las puntas de los dedos y apoyó los codos en los brazos de la butaca, como si disfrutara con la conversación.

—Mi mente —dijo— se rebela contra el estancamiento. Deme problemas, deme trabajo, deme el criptograma más abstruso o el análisis más intrincado, y me sentiré en mi ambiente. Entonces podré prescindir de estímulos artificiales. Pero me horroriza la aburrida rutina de la existencia. Tengo ansias de exaltación mental. Por eso elegí mi profesión, o, mejor dicho, la inventé, puesto que soy el único del mundo.

—¿El único investigador particular? —dije yo, alzando las cejas.

—El único investigador particular con consulta —replicó—. En el campo de la investigación, soy el último y el más alto tribunal de apelación. Cada vez que Gregson, o Lestrade, o Athelney Jones se encuentran desorientados (que, por cierto, es su estado normal), me plantean a mí el asunto. Yo examino los datos en calidad de experto y emito una opinión de especialista.

En estos casos no reclamo ningún crédito. Mi nombre no aparece en los periódicos. Mi mayor recompensa es el trabajo mismo, el placer de encontrar un campo al que aplicar mis facultades. Pero usted ya ha tenido ocasión de observar mis métodos de trabajo en el caso de Jefferson Hope.

—Es verdad —dije cordialmente—. Nada me ha impresionado tanto en toda mi vida. Hasta lo he recogido en un pequeño folleto, con el título algo fantástico de Estudio en escarlata.

Holmes meneó la cabeza con aire triste.

—Lo miré por encima —dijo—. Sinceramente, no puedo felicitarle por ello. La investigación es, o debería ser, una ciencia exacta, y se la debe tratar del mismo modo frío y sin emoción. Usted ha intentado darle un matiz romántico, con lo que se obtiene el mismo efecto que si se insertara una historia de amor o una fuga de enamorados en el quinto postulado de Euclides.

—Pero es que lo romántico estaba ahí —repliqué—. Yo no podía alterar los hechos.

—Algunos hechos hay que suprimirlos o, al menos, hay que mantener un cierto sentido de la proporción al tratarlos. El único aspecto del caso que merecía ser mencionado era el curioso razonamiento analítico, de los efectos a las causas, que me permitió desentrañarlo.

Me molestó aquella crítica de una obra que había sido concebida expresamente para agradarle. Confieso también que me irritó el egoísmo con el que parecía exigir que hasta la última frase de mi folleto estuviera dedicada a sus actividades personales. Más de una vez, durante los años que llevaba viviendo con él en Baker Street, había observado que bajo los modales tranquilos y didácticos de mi compañero se ocultaba un cierto grado de vanidad. Sin embargo, no hice ningún comentario y me quedé sentado, cuidando de mi pierna herida. Una bala de jezad la había atravesado tiempo atrás y, aunque no me impedía caminar, me dolía insistentemente cada vez que el tiempo cambiaba.

—Últimamente, he extendido mis actividades al Continente —dijo Holmes al cabo de un rato, mientras llenaba su vieja pipa de raíz de brezo—. La semana pasada me consultó Francois le Villard, que, como probablemente sabrá, ha saltado recientemente a la primera fila de los investigadores franceses. Posee toda la rápida intuición de los celtas, pero le falta la amplia gama de conocimientos exactos que son imprescindibles para desarrollar los aspectos más elevados de su arte. Se trataba de un caso relacionado con un testamento, y presentaba algunos detalles interesantes. Pude indicarle dos casos similares, uno en Riga en 1857 y otro en Saint Louis en 1871, que le sugirieron la solución correcta. Y esta mañana he recibido carta suya, agradeciéndome mi ayuda.

Mientras hablaba me pasó una hoja arrugada de papel de carta extranjero. Eché un vistazo por encima y capté una profusión de signos de admiración, con ocasionales magnifiques, coups de maître y tours de force repartidos por aquí y por allá, que daban testimonio de la ferviente admiración del francés.

—Le habla como un discípulo a su maestro —dije.

—¡Bah!, le concede demasiado valor a mi ayuda —dijo Sherlock Holmes sin darle importancia— Él mismo tiene unas dotes considerables. Posee dos de las tres facultades necesarias para el detective ideal: la capacidad de observación y la de deducción. Sólo le faltan conocimientos, y eso se puede adquirir con el tiempo. Ahora está traduciendo mis obras al francés.

—¿Sus obras?

—¡Ah!, ¿no lo sabía? —exclamó, echándose a reír—. Pues sí, soy culpable de varias monografías. Todas ellas sobre temas técnicos. Aquí, por ejemplo, tengo una: Sobre las diferencias entre las cenizas de los diversos tabacos. En ella cito ciento cuarenta clases de cigarros, cigarrillos y tabacos de pipa, con láminas en color que ilustran las diferencias entre sus cenizas. Es un detalle que surge constantemente en los procesos criminales, y que a veces tiene una importancia suprema como pista. Si, por ejemplo, podemos asegurar sin lugar a dudas que el autor de un crimen fue un individuo que fumaba lunkah indio, está claro que el campo de búsqueda se estrecha mucho. Para el ojo experto, existe tanta diferencia entre la ceniza negra de un Trichinopoly y la ceniza blanca y esponjosa de un «ojo de perdiz» como entre una lechuga y una patata.

—Tiene usted un talento extraordinario para las minucias —comenté.

—Sé apreciar su importancia. Aquí tiene mi monografía sobre las huellas de pisadas, con algunos comentarios acerca del empleo de escayola para conservar las impresiones. Y aquí hay una curiosa obrita sobre la influencia de los oficios en la forma de las manos, con litografías de manos de pizarreros, marineros, cortadores de corcho, cajistas de imprenta, tejedores y talladores de diamantes. Es un tema de gran importancia práctica para el detective científico, sobre todo en casos de cadáveres no identificados, y también para averiguar el historial de los delincuentes. Pero le estoy aburriendo con mis aficiones.

—Nada de eso —respondí con vehemencia—. Me interesa mucho, y más habiendo tenido la oportunidad de observar cómo lo aplica a la práctica. Pero hace un momento hablaba usted de observación y deducción. Supongo que, en cierto modo, la una lleva implícita la otra.

—Ni mucho menos —respondió, arrellanándose cómodamente en su butaca y emitiendo con su pipa espesas volutas azuladas—. Por ejemplo, la observación me indica que esta mañana ha estado usted en la oficina de Correos de Wigmore Street, y gracias a la deducción se que allí puso un telegrama.

—¡Exacto! —dije yo—. Ha acertado en las dos cosas. Pero confieso que no entiendo cómo ha llegado a saberlo. Fue un impulso súbito que tuve, y no se lo he comentado a nadie.

—Es la sencillez misma —dijo él, riéndose por lo bajo de mi sorpresa—. Tan ridículamente sencillo que sobra toda explicación. Aun así, puede servirnos para definir los límites de la observación y la deducción. La observación me dice que lleva usted un pegotito rojizo pegado al borde de la suela. Justo delante de la oficina de Correos de Wigmore Street han levantado el pavimento y han esparcido algo de tierra, de tal modo que resulta difícil no pisarla al entrar. La tierra tiene ese peculiar tono rojizo que, por lo que yo sé, no se encuentra en ninguna otra parte del barrio. Hasta aquí llega la observación. Lo demás es deducción.

—¿Y cómo dedujo lo del telegrama?

—Pues, para empezar, sabía que no había escrito una carta, porque estuve sentado frente a usted toda la mañana. Además, su escritorio está abierto y veo que tiene usted un pliego de sellos y un grueso fajo de tarjetas postales. Así pues, ¿a qué iba a entrar en la oficina de Correos si no era para enviar un telegrama? Una vez eliminadas todas las demás posibilidades, la única que queda tiene que ser la verdadera.

—En este caso es así, desde luego —repliqué yo, tras pensármelo un poco—. Sin embargo, como usted mismo ha dicho, se trata de un asunto de lo más sencillo. ¿Me consideraría impertinente si sometiera sus teorías a una prueba más estricta?

—Al contrario —respondió él—. Eso me evitará tener que tomar una segunda dosis de cocaína. Estaré encantado de considerar cualquier problema que usted me plantee.

—Le he oído decir que es muy difícil que un hombre use un objeto todos los días sin dejar en él la huella de su personalidad, de manera que un observador experto puede leerla. Pues bien, aquí tengo un reloj que ha llegado a mi poder hace poco tiempo. ¿Tendría la amabilidad de darme su opinión sobre el carácter y las costumbres de su antiguo propietario?

Le entregué el reloj con un ligero sentimiento interno de regocijo, ya que, en mi opinión, la prueba era imposible de superar y con ella me proponía darle una lección ante el tono algo dogmático que adoptaba de vez en cuando. Holmes sopesó el reloj en la mano, observó atentamente la esfera, abrió la tapa posterior y examinó el engranaje, primero a simple vista y luego con ayuda de una potente lupa. No pude evitar sonreír al ver su expresión abatida cuando, por fin, cerró la tapa y me lo devolvió.

—Apenas hay ningún dato —dijo—. Este reloj lo han limpiado hace poco, lo cual me priva de los indicios más sugerentes.

—Tiene razón —respondí—. Lo limpiaron antes de enviármelo.

En mi fuero interno, acusé a mi compañero de esgrimir una excusa de lo más floja e impotente para justificar su fracaso. ¿Qué datos había esperado encontrar aunque el reloj no hubiera estado limpio?

—Pero aunque no sea satisfactoria, mi investigación no ha sido del todo estéril —comentó, dirigiendo hacia el techo la mirada de sus ojos soñadores e inexpresivos—. Salvo que usted me corrija, yo diría que el reloj perteneció a su hermano mayor, que a su vez lo heredó de su padre.

—Supongo que eso lo ha deducido de las iniciales H.W. grabadas al dorso.

—En efecto. La W sugiere su apellido. La fecha del reloj es de hace casi cincuenta años, y las iniciales son tan antiguas como el reloj. Por lo tanto, se fabricó en la generación anterior. Estas joyas suele heredarlas el hijo mayor, y es bastante probable que éste se llame igual que el padre. Si no recuerdo mal, su padre falleció hace muchos años. Por lo tanto, el reloj ha estado en manos de su hermano mayor.

—Hasta ahora, bien —dije yo—. ¿Algo más?

—Era un hombre de costumbres desordenadas..., muy sucio y descuidado. Tenía buenas perspectivas, pero desaprovechó las oportunidades, vivió algún tiempo en la pobreza, con breves intervalos ocasionales de prosperidad, y por último se dio a la bebida y murió. Eso es todo lo que puedo sacar.

Me puse en pie de un salto y renqueé impaciente por la habitación, enormemente indignado.

—Esto es indigno de usted, Holmes —dije—. Jamás habría creído que caería usted tan bajo. Ha estado usted investigando la historia de mi desdichado hermano, y ahora finge haber deducido todo ese conocimiento por medios fantásticos. ¡No esperará que me crea que ha visto todo eso en este viejo reloj! Es una grosería y, para serle franco, parece más propio de un charlatán.

—Querido doctor —dijo en tono suave—, le ruego que acepte mis disculpas. Al considerar el asunto como un problema abstracto, olvidé que para usted se trata de algo muy personal y doloroso. Sin embargo, le aseguro que, hasta que me enseñó el reloj, no sabía que hubiera tenido usted un hermano.

—¿Y entonces, cómo diablos averiguó todo eso? Porque ha acertado de lleno en todos los detalles.

—Ha sido pura suerte. Me limité a decir lo que parecía más probable. No esperaba acertar en todo.

—¿No han sido puras conjeturas?

—No, no; yo nunca hago conjeturas. Es un hábito nefasto. Destruye las facultades lógicas. Lo que a usted le parece tan extraño, lo es sólo porque no ha seguido mi cadena de pensamientos ni se ha fijado en los pequeños datos de los que pueden extraerse importantes inferencias. Por ejemplo, empecé afirmando que su hermano era descuidado. Si se fija en la parte inferior de la tapa del reloj, verá que no sólo tiene un par de abolladuras, sino que además está rayado y arañado por todas partes, a causa de la costumbre de meter en el mismo bolsillo otros objetos duros, como monedas o llaves. Como ve, no es ninguna proeza suponer que un hombre que trata tan a la ligera un reloj de cincuenta guineas debe ser descuidado. Tampoco es tan descabellado deducir que un hombre que hereda un artículo tan valioso tiene que estar bien provisto en otros aspectos.

Asentí para dar a entender que seguía su razonamiento.

—Es costumbre de los prestamistas ingleses, cuando alguien empeña un reloj, grabar el número de la papeleta con un alfiler en el interior de la tapa. Es más cómodo que poner una etiqueta y no hay peligro de que el número se pierda o se traspapele. Y mi lupa ha descubierto nada menos que cuatro de esos números en el interior de la tapa del reloj. Deducción: su hermano pasaba apuros económicos con frecuencia. Deducción secundaria: de vez en cuando atravesaba períodos de prosperidad, pues de lo contrario no habría podido desempeñar la prenda. Por último, le ruego que mire la chapa interior, donde está el agujero para dar cuerda. Fíjese en que hay miles de rayas alrededor del agujero, causadas al resbalar la llave de la cuerda. ¿Cree que la llave de un hombre sobrio dejaría todas esas marcas? Sin embargo, nunca faltan en el reloj de un borracho. Le daba cuerda por la noche y dejó la marca de su mano temblorosa. ¿Qué misterio hay en todo esto?

—Está tan claro como la luz del día —respondí—. Lamento haber sido injusto con usted. Debí haber tenido más fe en sus maravillosas facultades.

¿Puedo preguntarle si en estos momentos tiene entre manos alguna investigación profesional?

—Ninguna. De ahí lo de la cocaína. No puedo vivir sin hacer trabajar el cerebro. ¿Qué otra razón hay para vivir? Mire por esa ventana. ¿Alguna vez ha sido el mundo tan lúgubre, triste e improductivo? Mire esa niebla amarilla que hace remolinos por la calle y se desliza ante esas casas grises. ¿Puede haber algo más desesperantemente prosaico y material? ¿De qué sirve tener talento, doctor, si no se tiene campo en el que aplicarlo? Los delitos son vulgares, la existencia es vulgar, y en este mundo no hay sitio para lo que se salga de la vulgaridad.

Abrí la boca para responder a su diatriba, pero en aquel momento, tras dar unos golpecitos en la puerta, entró nuestra casera, que traía una tarjeta en una bandeja de latón.

—Una señorita pregunta por usted, señor —dijo, dirigiéndose a mi compañero.

—Miss Mary Morstan —leyó éste—. ¡Hum! No me suena de nada el nombre. Diga a la señorita que suba, señora Hudson. No se vaya, doctor. Prefiero que se quede.

Capítulo II

La exposición del caso

La señorita Morstan entró en la habitación con paso firme y porte airoso. Era una joven rubia, menuda, delicada, con guantes en las manos y vestida con el gusto más exquisito. No obstante, la discreción y sencillez de sus ropas parecían indicar unos recursos económicos limitados. El vestido era de color pardo grisáceo tirando a oscuro, sin cintas ni adornos, y llevaba un pequeño turbante del mismo tono apagado, alegrado tan sólo por un vestigio de pluma blanca en un costado. Su rostro no tenía facciones regulares ni una complexión hermosa, pero su expresión era dulce y amistosa, y sus grandes ojos azules resultaban particularmente espirituales y atractivos. A pesar de que mi experiencia con las mujeres abarcaba muchas naciones y tres continentes distintos, yo jamás había visto un rostro que ofreciera tan claros indicios de un carácter refinado y sensible. No pude evitar fijarme en que, al sentarse en el asiento que Sherlock Holmes le acercó, sus labios temblaban, sus manos se estremecían y todo en ella indicaba una fuerte agitación interna.

—He acudido a usted, señor Holmes —dijo—, porque en cierta ocasión ayudó a la señora de Cecil Forrester, para la que yo trabajaba, a resolver una pequeña complicación doméstica. Quedó muy impresionada por su amabilidad y talento.

—La señora de Cecil Forrester... —repitió Holmes, pensativo—. Sí, creo que le presté un pequeño servicio. Pero me parece recordar que se trataba de un caso realmente sencillo.

—A ella no se lo pareció. Pero del mío, por lo menos, no podrá usted decir lo mismo. Me cuesta imaginar algo más extraño y absolutamente inexplicable que la situación en que me encuentro.

Holmes se frotó las manos y sus ojos se iluminaron. Se inclinó hacia delante en su butaca, con una expresión de absoluta concentración en sus facciones marcadas y aguileñas.

—Exponga su caso.

Me pareció que mi presencia resultaba embarazosa.

—Estoy seguro de que sabrán disculparme —dije, levantándome de mi asiento.

Ante mi sorpresa, la joven levantó una mano enguantada para detenerme.

—Si su amigo tiene la bondad de quedarse —dijo—, me prestará un servicio inestimable.

Me dejé caer de nuevo en mi asiento.

—En pocas palabras —continuó—, los hechos son los siguientes: mi padre era oficial en un regimiento de la India, y me envió a Inglaterra cuando yo era niña. Mi madre había fallecido y yo no tenía ningún pariente aquí, pero me ingresaron en un cómodo internado de Edimburgo, donde permanecí hasta que cumplí diecisiete años. En 1878, mi padre, que era el capitán más antiguo de su regimiento, consiguió un permiso de doce meses y volvió a Inglaterra. Me puso un telegrama desde Londres, diciendo que había llegado sin contratiempos y pidiéndome que fuera a verlo cuanto antes, dando como dirección el hotel Langham. Su mensaje, tal como yo lo recuerdo, rebosaba amor y cariño. En cuanto llegué a Londres me dirigí al Langham, y allí me dijeron que el capitán Morstan se alojaba allí, pero que había salido la noche anterior y no había regresado. Esperé todo el día sin tener noticias suyas. Aquella noche, por consejo del director del hotel, me puse en contacto con la policía, y al día siguiente pusimos anuncios en todos los periódicos. Nuestras investigaciones no dieron ningún resultado. Y desde entonces hasta hoy no hemos vuelto a saber nada de mi pobre padre. Llegó a su país con el corazón lleno de esperanza, buscando paz y reposo, y en lugar de eso...

Se llevó la mano a la garganta y un sollozo ahogado interrumpió sus palabras.

—¿Fecha? —preguntó Holmes, abriendo su cuaderno de notas.

—Desapareció el 3 de diciembre de 1878..., hace casi diez años.

—¿Y su equipaje?

—Se quedó en el hotel. No encontramos nada que nos diera una pista. Algo de ropa, unos cuantos libros y gran cantidad de curiosidades de las islas Andaman. Estuvo allí como oficial de la guardia del presidio.

—Tenía amigos en Londres?

—Sólo sabemos de uno: el mayor Sholto, de su mismo regimiento, el trigésimo cuarto de Infantería de Bombay. El mayor se había retirado algún tiempo antes, y vivía en Upper Norwood. Como es natural, nos pusimos en contacto con él, pero ni siquiera sabía que su camarada hubiera regresado a Inglaterra.

—Curioso caso —comentó Holmes.

—Aún no le he contado la parte más extraña. Hace unos seis años..., para ser más exactos, el 4 de mayo de 1882, apareció un anuncio en el Times, interesándose por la dirección de la señorita Mary Morstan y asegurando que le convenía mucho presentarse. No se incluía ningún nombre ni dirección. Por aquel entonces, yo acababa de entrar al servicio de la señora de Cecil Forrester como institutriz. Siguiendo su consejo, publiqué mi dirección en la columna de anuncios personales. Aquel mismo día, me llegó por correo una cajita de cartón, que resultó contener una perla muy grande y brillante. Nada más, ni una palabra escrita. Y desde entonces, cada año, por la misma fecha, siempre me llega una caja similar, conteniendo una perla similar, sin el menor dato de quien las envía. Un experto ha dictaminado que son de una variedad rara y tienen un gran valor. Vean por sí mismos que son bellísimas.

Diciendo esto, abrió una caja plana y me mostró seis de las perlas más hermosas que he visto en mi vida.

—Su historia es la mar de interesante —dijo Sherlock Holmes—. ¿Le ha ocurrido algo más?

—Pues sí, y precisamente hoy. Por eso he acudido a usted. Esta mañana he recibido esta carta; tal vez prefiera leerla usted mismo.

—Gracias —dijo Holmes—. El sobre también, por favor. Matasellos de Londres, Sudoeste... Fecha, 7 de julio. ¡Hum! Huella de un pulgar de hombre en la esquina..., probablemente, del cartero. Papel de la mejor calidad. Sobre de los de seis peniques el paquete. Curiosos gustos los de este hombre en cuestión de papelería. No hay dirección. «Acuda esta noche, a las siete, a la puerta del teatro Lyceum, tercera columna de la izquierda. Si no se fía, traiga un par de amigos. Ha sido usted perjudicada y se le hará justicia. No avise a la policía. Si lo hace, todo será en vano. Su amigo desconocido.» Vaya, vaya. Pues sí que tenemos un pequeño misterio. ¿Qué se propone hacer, señorita Morstan?

—Eso es precisamente lo que he venido a consultarle.

—En tal caso, desde luego que iremos. Usted y yo y... sí, claro, el doctor Watson es el hombre indicado. La carta dice que dos amigos. El doctor y yo hemos trabajado juntos otras veces.

—Pero ¿querrá venir? —preguntó la joven, con un tono de súplica en la voz y la expresión.

—Será un orgullo y un placer poder serle útil —dije yo, de todo corazón.

—Son los dos muy amables —respondió ella—. He vivido muy aislada y no tengo amigos a los que recurrir. Bastará con que esté aquí a las seis, supongo.

—Pero no más tarde —dijo Holmes—. Sin embargo, hay otra cuestión. ¿Es ésta la misma letra con la que se escribió la dirección en las cajas de las perlas?

—Las traigo aquí —respondió ella, sacando media docena de trozos de papel.

—De verdad, es usted una cliente modelo. Tiene buena intuición. Vamos a ver.

Extendió los papeles sobre la mesa y los inspeccionó uno tras otro con rápidos vistazos.

—La letra está falseada, excepto en la carta —dijo por fin—, pero no caben dudas acerca del autor. Fíjese en cómo se destaca involuntariamente la «y» griega, y en el giro que remata las «eses». Son indudablemente de la misma persona. No me gustaría darle falsas esperanzas, señorita Morstan, pero ¿existe alguna semejanza entre esta letra y la de su padre?

—No podrían ser más diferentes.

—Esperaba que dijera eso. Muy bien, nos veremos aquí a las seis. Por favor, déjeme los papeles. Puede que tenga que echarles otro vistazo. Son sólo las tres y media. Au revoir, pues.

—Au revoir—replicó nuestra visitante, y tras dirigirnos a cada uno una mirada animada y amable, se guardó la caja de las perlas y se retiró presurosa.

Me asomé a la ventana y la vi caminando calle abajo a buen paso, hasta que el turbante gris y la pluma blanca quedaron reducidos a una manchita entre la sombría multitud.

—¡Qué mujer tan atractiva! —exclamé, volviéndome hacia mi compañero.

Éste había vuelto a encender su pipa y estaba recostado con los párpados entornados.

—¿Ah, sí? —dijo con languidez—. No me he fijado.

—Desde luego, es usted un autómata, una máquina de calcular —exclamé—. A veces, tiene usted cosas decididamente inhumanas.

Holmes sonrió amablemente.

—Es de la máxima importancia —dijo— no permitir que las cualidades personales influyan en nuestra capacidad de juicio. Para mí, un cliente es una mera unidad, un factor del problema. Las cuestiones emocionales son enemigas del razonamiento claro. Le aseguro que la mujer más fascinante que jamás he conocido fue ahorcada por haber envenenado a tres niños para cobrar un seguro, y que el hombre más repelente que conozco es un filántropo que lleva gastado casi un cuarto de millón en ayudar a los pobres de Londres.

—Sin embargo, en este caso...

—Jamás hago excepciones. Una excepción rebate la regla. ¿Ha estudiado alguna vez el carácter a partir de la escritura? ¿Qué le parece la letra de este individuo?

—Es clara y uniforme —respondí—. Un hombre ordenado y con cierta fuerza de carácter.

Holmes negó con la cabeza.

—Fíjese en las letras largas —dijo—. Apenas sobresalen del rebaño de las corrientes. Esta «d» podría ser una «a», y esta «l» una «e». Los hombres con carácter siempre hacen destacar las letras largas, por muy ilegible que sea su escritura. Aquí hay vacilación en la « g» y poca confianza en las mayúsculas. Voy a salir. Tengo que hacer algunas consultas. Permítame que le recomiende este libro, uno de los más interesantes que se han escrito jamás: El martirio del hombre, de Winwood Reade. Volveré en una hora.

Me senté junto a la ventana con el libro en las manos, pero mis pensamientos volaban muy lejos de las atrevidas especulaciones del autor. Mi mente corría hacia nuestra reciente visitante..., sus sonrisas, los tonos ricos y profundos de su voz, el extraño misterio que se cernía sobre su vida. Si tenía diecisiete años cuando desapareció su padre, ahora debía de tener veintisiete, una edad espléndida, cuando la juventud ha perdido su arrogancia y se vuelve algo más sensata gracias a la experiencia. Y así seguí, sentado y cavilando, hasta que surgieron en mi mente pensamientos tan peligrosos que corrí hacia mi escritorio y me sumergí con furia en el más reciente tratado de patología. ¿Quién era yo, un médico militar retirado, con una pierna débil y una cuenta bancaria más débil aún, para atreverme a pensar en cosas así? Ella era una unidad, un factor, y nada más. Si mi futuro se presentaba negro, más valía afrontarlo como un hombre que intentar alegrarlo con simples fantasías de la imaginación.

Capítulo III

En busca de una solución

Eran más de las cinco y media cuando regresó Holmes. Venía contento, animado y de excelente humor, un estado de ánimo que en él se alternaba con accesos de la más negra depresión.

—No hay gran misterio en este asunto —dijo, tomando la taza de té que yo le había servido—. Parece que los hechos sólo admiten una única explicación.

—¿Cómo? ¿Ya lo ha resuelto?

—Bueno, eso es mucho decir. He descubierto un hecho muy sugerente, eso es todo. Eso sí, es muy sugerente. Todavía falta añadir los detalles.

Consultando los archivos del Times, he descubierto que el mayor Sholto, de Upper Norwood, que sirvió en el trigésimo cuarto de Infantería de Bombay, falleció el 28 de abril de 1882.

—Seguro que soy muy obtuso, Holmes, pero no acabo de ver qué sugiere eso.

—¿No? Me sorprende usted. Pues mírelo de esta manera. El capitán Morstan desaparece. La única persona de Londres a la que podría haber visitado es el mayor Sholto. El mayor Sholto niega saber que Morstan hubiera estado en Londres. Cuatro años después, Sholto muere. Menos de una semana después de su muerte, la hija del capitán Morstan recibe un valioso regalo, que se repite un año tras otro, y ahora todo culmina en una carta que la describe como perjudicada. ¿A qué perjuicio puede referirse si no es a la pérdida de su padre? ¿Y por qué iban a comenzar los regalos inmediatamente después de la muerte de Sholto, a menos que el heredero de ese Sholto supiera algo sobre el misterio y deseara ofrecer una compensación? ¿Tiene usted alguna teoría alternativa que se ajuste a los hechos?

—¡Pues qué compensación tan extraña! ¡Y qué manera tan extraña de hacerlo! ¿Por qué tendría que escribirle esa carta ahora, y no hace seis años? Y además, la carta habla de hacer justicia. ¿Qué justicia se le puede hacer? No irá a suponer que su padre sigue vivo. Y, que nosotros sepamos, no hay ninguna otra injusticia en este caso.

—Hay ciertas dificultades; claro que hay ciertas dificultades —dijo Sherlock Holmes, pensativo—. Pero la expedición de esta noche las resolverá todas. ¡Ah!, Ahí viene un coche, y en él la señorita Morstan. ¿Está usted listo? Pues vayamos bajando, porque ya pasa un poco de la hora.

Recogí mi sombrero y mi bastón más pesado, pero me fijé en que Holmes sacaba su revólver del cajón y se lo metía en el bolsillo. Estaba claro que pensaba que nuestro trabajo de aquella noche era cosa seria.

La señorita Morstan venía envuelta en una capa oscura, y su expresivo rostro estaba sereno, pero pálido. No habría sido mujer si no hubiera sentido cierta aprensión ante la extraña empresa en la que nos estábamos embarcando, pero su dominio de sí misma era perfecto y respondió con soltura a las pocas preguntas nuevas que Sherlock Holmes le planteó.

—El mayor Sholto era muy amigo de papá —dijo—. Sus cartas estaban llenas de comentarios sobre el mayor. El y papá estaban al mando de las tropas de las islas Andaman, de manera que vivieron muchas experiencias juntos. Por cierto, en el escritorio de papá encontramos un extraño papel que nadie consiguió entender. No creo que tenga la menor importancia, pero pensé que tal vez le gustaría verlo y lo he traído. Aquí lo tiene.

Holmes desdobló con cuidado el papel y lo alisó sobre su rodilla. A continuación, lo examinó muy meticulosamente con su lupa.

—Es papel de fabricación india —comentó—. Estuvo alguna vez clavado a un tablero. El esquema dibujado en él parece el plano de parte de un gran edificio, con muchas salas, pasillos y pasadizos. En un punto hay una crucecita trazada con tinta roja, y encima de ella pone «3,37 desde la izquierda», escrito a lápiz y casi borrado. En la esquina inferior izquierda hay un curioso jeroglífico, como cuatro cruces en línea, con los brazos tocándose. Al lado han escrito, con letra bastante mala y torpe, «El signo de los cuatro.

—Jonathan Small, Mahomet Singh, Abdullah Khan, Dost Akbar. » No, confieso que no veo ninguna relación con el asunto. Pero está claro que se trata de un documento importante. Lo han tenido cuidadosamente guardado en una libreta de bolsillo, porque está igual de limpio por un lado que por el otro.

—Lo encontramos en su libreta de bolsillo.

—Pues guárdelo con cuidado, señorita Morstan, porque puede que nos sea útil. Empiezo a sospechar que este caso puede resultar mucho más complicado y sutil de lo que supuse al principio. Tendré que reconsiderar mis ideas.

Se recostó en el asiento del coche y comprendí, por su ceño fruncido y su mirada ausente, que estaba pensando intensamente. La señorita Morstan y yo charlamos en voz baja acerca de nuestra expedición y su posible resultado, pero nuestro compañero mantuvo su impenetrable reserva hasta el final del trayecto.

Estábamos en septiembre y aún no eran las siete de la tarde, pero había hecho un día muy desapacible, y una niebla densa y húmeda se extendía a poca altura sobre la gran ciudad. Por encima de las calles embarradas flotaban tristes nubarrones del mismo color que el barro. A lo largo del Strand, las farolas eran meros borrones de luz difusa, que proyectaban un débil reflejo circular sobre el resbaladizo pavimento. Las luces amarillas de los escaparates se difuminaban en el aire cargado de vapores, esparciendo un turbio y palpitante resplandor por la concurrida avenida. Me daba la impresión de que había algo misterioso y fantasmal en la interminable procesión de rostros que atravesaban fugazmente las estrechas franjas de luz: rostros tristes y alegres, angustiados y felices. Como la totalidad del género humano, pasaban velozmente de las tinieblas a la luz, sólo para volver a sumirse en las tinieblas. No soy fácil de impresionar, pero aquella tarde lúgubre y sombría, combinada con el extraño asunto en el que nos habíamos embarcado, había conseguido deprimirme y ponerme nervioso. Por la manera de actuar de la señorita Morstan, me di cuenta de que ella sentía algo parecido. Sólo Holmes estaba por encima de tan funestas influencias. Sostenía su cuaderno de notas abierto sobre las rodillas, y de vez en cuando trazaba números y anotaciones, a la luz de su linterna de bolsillo.

En el Lyceum, la muchedumbre se apretujaba ya ante las entradas laterales. Delante de la puerta principal discurría con estrépito una continua sucesión de coches de dos y cuatro ruedas, que descargaban sus cargamentos de caballeros con pechera almidonada y damas cubiertas de chales y diamantes. Apenas habíamos llegado a la tercera columna, lugar de nuestra cita, cuando nos abordó un hombre menudo, moreno y ágil, vestido de cochero.

—¿Son ustedes las personas que vienen con la señorita Morstan? —preguntó.

—Yo soy la señorita Morstan, y estos dos caballeros son amigos míos —dijo ella.

El hombre nos miró de refilón, con ojos increíblemente penetrantes e inquisitivos.

—Tendrá que perdonarme, señorita —dijo con cierto tono obstinado—, pero tengo que pedirle que me dé su palabra de que ninguno de sus acompañantes es agente de policía.

—Le doy mi palabra —respondió ella.

El hombre emitió un agudo silbido y, en respuesta al mismo, un golfillo acercó un coche de cuatro ruedas y abrió la puerta. Nuestro interlocutor subió al pescante, mientras nosotros nos acomodábamos dentro. Apenas nos habíamos sentado, cuando el cochero fustigó al caballo y partimos a toda velocidad por las calles cubiertas de espesa niebla.

Era una situación curiosa. Nos dirigíamos a un lugar desconocido con una misión desconocida. O bien la invitación era una completa burla —hipótesis que resultaba inconcebible—, o bien teníamos buenas razones para pensar que de aquel trayecto podían depender cuestiones muy importantes. La actitud de la señorita Morstan era tan decidida y serena como siempre. Me propuse animarla y entretenerla con anécdotas de mis aventuras en Afganistán; pero, a decir verdad, yo mismo estaba tan excitado por la situación y sentía tanta curiosidad por conocer nuestro destino, que mis relatos se embarullaron un poco. En el día de hoy, ella todavía sigue insistiendo en que le conté una emocionante historia en la que una escopeta se asomó a mi tienda en mitad de la noche, y yo le disparé con un cachorro de tigre de dos cañones.

Al principio, tenía cierta idea de la dirección en la que íbamos, pero con la velocidad que llevábamos, la niebla y mi limitado conocimiento de Londres, no tardé en desorientarme y ya no supe nada más, excepto que parecía que íbamos muy lejos. En cambio, Sherlock Holmes no se despistó ni una vez, e iba musitando los nombres a medida que el coche atravesaba plazas y se internaba por tortuosas callejuelas.

—Rochester Road —decía—. Y ahora, Vincent Square. Ahora saldremos a la calle del puente de Vauxhall. Parece que vamos hacia la parte de Surrey. Sí, lo que yo decía. Ya estamos en el puente. Se alcanza a ver el río.

En efecto, pudimos ver de manera fugaz un tramo del Támesis, con las farolas brillando sobre sus anchas y tranquilas aguas; pero el coche siguió adelante a toda velocidad y se introdujo rápidamente en el laberinto de calles de la otra orilla.

—Wandsworth Road —dijo mi compañero—. Priory Road. Larkhall Lane. Stockwell Place. Robert Street. Coldharbour Lane. No parece que nuestra expedición nos lleve a zonas muy elegantes.

Efectivamente, habíamos llegado a una barriada bastante sospechosa y desagradable. Largas y monótonas hileras de casas de ladrillo, alegradas tan sólo por el turbio resplandor y los vulgares adornos de los bares de las esquinas. Pasamos luego ante varias manzanas de casas de dos plantas, todas ellas con un minúsculo jardín delante; y otra vez las interminables filas de edificios nuevos de ladrillo, monstruosos tentáculos que la gigantesca ciudad extendía hacia el campo. Por fin, el coche se detuvo ante la tercera casa de una manzana recién construida. Ninguna de las otras casas estaba habitada, y la que parecía nuestro destino estaba tan a oscuras como sus vecinas, excepto por un débil resplandor en la ventana de la cocina. Sin embargo, en cuanto llamamos a la puerta, la abrió al instante un sirviente indio ataviado con turbante amarillo, ropa blanca holgada y una faja amarilla. Había algo extraño e incongruente en aquella figura oriental enmarcada en el umbral de una vivienda suburbana de tercera clase.

—El sahib los aguarda —dijo.

Aún no había terminado de hablar cuando una voz aguda y chillona gritó desde alguna habitación interior:

—Hazlos pasar, khitmutgar. Que pasen en seguida.

Capítulo IV

La historia del hombre calvo

Seguimos al indio por un pasillo sórdido y vulgar, mal iluminado y peor amueblado, hasta llegar a una puerta situada a la derecha, que abrió de par en par. Quedamos bañados por un resplandor de luz amarilla, y en el centro del resplandor se alzaba un hombre pequeño con la cabeza muy alta, una orla de pelo rojizo alrededor y un cráneo calvo y reluciente, que sobresalía del cabello como la cumbre de una montaña sobresale entre los abetos. Estaba de pie, retorciéndose las manos y con los rasgos de la cara en constante agitación: tan pronto sonreía como ponía mal gesto, pero sus facciones no quedaban en reposo ni un solo instante. La naturaleza le había dotado de un labio colgante y una hilera demasiado visible de dientes amarillentos e irregulares, que procuraba ocultar sin mucho entusiasmo pasándose la mano por la parte inferior del rostro. A pesar de su prominente calva, daba la impresión de ser joven. Y de hecho, acababa de cumplir treinta años.

—A su servicio, señorita Morstan —repitió varias veces, con su voz aguda y penetrante—. A su servicio, caballeros. Por favor, pasen a mi humilde santuario. Un pequeño rincón, señorita, pero amueblado a mi gusto. Un oasis de arte en el ruidoso desierto del sur de Londres.

Todos nos quedamos asombrados por el aspecto de la habitación a la que nos invitaba a entrar. Parecía tan fuera de lugar en aquella fúnebre casa como un diamante de la mejor calidad en una montura de latón. Las paredes estaban cubiertas por espléndidas cortinas y deslumbrantes tapices, recogidos aquí y allá para dejar sitio a algún cuadro lujosamente enmarcado o a un jarrón oriental. La alfombra, de colores ámbar y negro, era tan blanda y tan gruesa que los pies se hundían agradablemente en ella, como en una capa de musgo. Dos grandes pieles de tigre extendidas sobre la alfombra acentuaban la impresión de lujo oriental, a la que contribuía una enorme hookah colocada sobre una esterilla en un rincón. Una lámpara con forma de paloma de plata colgaba de un cable casi invisible en el centro de la habitación. Al arder, impregnaba el aire de un aroma sutil.

—Soy Thaddeus Sholto —dijo el hombrecillo, sin dejar de temblar y sonreír—. Ése es mi nombre. Usted, naturalmente, es la señorita Morstan. Y estos caballeros...

—Éste es el señor Sherlock Holmes, y éste el doctor Watson.

—Un médico, ¿eh? —exclamó, muy excitado—. ¿Ha traído su estetoscopio? ¿Podría pedirle..., tendría la amabilidad de...? Tengo serias dudas acerca de mi válvula mitral, y si fuera tan amable... En la aorta puedo confiar, pero me gustaría conocer su opinión sobre la mitral.

Le ausculté el corazón como me pedía, pero no escuché nada anormal, aparte de que era evidente que sufría un ataque extremo de miedo, ya que temblaba de pies a cabeza.

—Parece normal —dije—. No tiene por qué preocuparse.

—Tendrá que perdonar mi ansiedad, señorita Morstan —dijo en tono afectado—. Tengo muy mala salud y hace tiempo que sospechaba de esa válvula. Me alegra muchísimo oír que mis sospechas eran infundadas. Si su padre, señorita Morstan, no hubiera sometido su corazón a tantas tensiones, tal vez estaría vivo todavía.

Me dieron ganas de cruzarle la cara, de tanto que me indignó su cruel e innecesaria alusión a un tema tan delicado. La señorita Morstan se sentó, completamente pálida.

—Siempre tuve la corazonada de que había fallecido —dijo.

—Puedo darle toda la información al respecto —dijo él—. Y lo que es más, puedo hacerle justicia. Y lo haré, diga lo que diga mi hermano Bartholomew. Me alegro de que hayan venido sus amigos, no sólo para escoltarla, sino también para que sean testigos de lo que me dispongo a hacer y decir. Entre los tres podremos hacer frente a mi hermano Bartholomew. Pero que no intervengan extraños. Ni policías ni funcionarios. Podemos arreglarlo todo perfectamente entre nosotros, sin ninguna interferencia. Nada molestaría tanto a mi hermano Bartholomew como la publicidad.

Se sentó en un canapé bajo y nos miró inquisitivamente, sin dejar de guiñar sus ojos azules, miopes y acuosos.

—Por mi parte —dijo Holmes—, lo que usted vaya a decirnos quedará entre nosotros.

Yo asentí para mostrar mi conformidad.

—¡Perfecto! ¡Perfecto! —dijo Sholto—. ¿Le apetece un vaso de chianti, señorita Morstan? ¿O de tokay? No tengo ninguna otra clase de vino. ¿Quiere que abra una botella? ¿No? Muy bien. Confío en que no pondrá objeciones al tabaco, al balsámico olor del tabaco oriental. Estoy un poco nervioso y mi hookah es para mí un sedante maravilloso.

Aplicó una cerilla a la gran cazoleta de la pipa, y el humo burbujeó alegremente a través del agua de rosas. Los tres nos sentamos en semicírculo, adelantando la cabeza y apoyando la barbilla en las manos, mientras el extraño y tembloroso hombrecillo de cráneo alto y reluciente aspiraba inquietas bocanadas en el centro.

—Cuando decidí comunicarle todo esto —dijo—, podría haberle dado mi dirección desde un principio, pero tuve miedo de que no hiciera caso de mis condiciones y trajera con usted gente desagradable. Así pues, me tomé la libertad de concertar una cita de manera que mi sirviente Williams pudiera verlos antes. Tengo completa confianza en su discreción y le ordené que, si no quedaba satisfecho, no siguiera adelante. Tendrá que perdonarme estas precauciones, pero soy hombre de costumbres reservadas, e incluso podría decir de gustos refinados, y no hay nada tan antiestético como un policía. Me repugnan por naturaleza todas las manifestaciones de burdo materialismo. Casi nunca entro en contacto con la masa vulgar. Vivo, como usted ve, rodeado de una cierta atmósfera de elegancia. Podríamos decir que soy un mecenas de las artes. Son mi debilidad. Ese paisaje es un auténtico Corot y, aunque un entendido podría sentir ciertas dudas acerca de ese Salvatore Rosa, con este Bouguereau no puede caber la menor duda. Me encanta la escuela francesa moderna.

—Perdone usted, señor Sholto —dijo la señorita Morstan—, pero he venido aquí a petición suya para enterarme de algo que usted desea contarme. Es ya muy tarde y me gustaría que la entrevista fuera lo más breve posible.

—En el mejor de los casos, creo que nos tomará algún tiempo —respondió él—. Porque, naturalmente, tendremos que ir a Norwood a ver a mi hermano Bartholomew. Podemos ir todos y trataremos de convencerlo. Está muy enfadado conmigo por haber tomado la iniciativa que me parecía justa. Anoche tuvimos unas palabras bastante fuertes. No pueden imaginar lo terrible que se pone cuando está furioso.

—Si vamos a ir a Norwood, tal vez convendría salir ya —me atreví a sugerir.

Sholto se echó a reír hasta que las orejas se le pusieron completamente rojas.

—Así no adelantaríamos nada —exclamó—. No sé lo que diría si me presentara con ustedes así, de repente. No, tengo que prepararles, explicándoles cuáles son nuestras respectivas posiciones. En primer lugar, debo decirles que hay ciertos detalles de la historia que yo mismo ignoro. Sólo puedo explicarles los hechos hasta donde yo los conozco.

»Como ustedes habrán adivinado, mi padre era el mayor John Sholto, del ejército de la India. Se retiró hace unos once años y se instaló en el Pabellón Pondicherry, en Upper Norwood. En la India le había ido bien y se trajo de allá una considerable cantidad de dinero, una gran colección de valiosas curiosidades y un equipo de sirvientes nativos. Con estos recursos se compró una casa y vivió con todo lujo. Mi hermano gemelo Bartholomew y yo éramos sus únicos hijos.

»Recuerdo muy bien la sensación que provocó la desaparición del capitán Morstan. Leímos los detalles en la prensa y, como sabíamos que había sido amigo de nuestro padre, comentábamos el caso con toda libertad en su presencia. Incluso participaba en nuestras especulaciones sobre lo que podría haber ocurrido. Ni por un instante sospechamos que él estuviera al corriente del secreto; que sólo él, entre todos los hombres, sabía qué había sido de Arthur Morstan.

»Sin embargo, sí que sabíamos que sobre nuestro padre se cernía algún misterio, algún peligro concreto, porque le daba miedo salir solo y tenía empleados a dos luchadores como porteros del Pabellón Pondicherry. Williams, el que les ha traído aquí esta noche, era uno de ellos. En sus tiempos fue campeón de Inglaterra de los pesos ligeros. Nuestro padre nunca nos dijo de qué tenía miedo, pero sentía una extraordinaria aversión hacia los hombres con pata de palo. En una ocasión llegó a disparar su revólver contra un hombre con pata de palo, que resultó ser un inofensivo vendedor ambulante que iba de casa en casa. Tuvimos que pagar una elevada suma para silenciar el asunto. Mi hermano y yo creíamos que se trataba de una simple manía de nuestro padre; pero los acontecimientos posteriores nos hicieron cambiar de opinión.

»A principios de 1882, mi padre recibió una carta de la India que le causó un gran sobresalto. Al abrirla, estuvo a punto de desmayarse en la mesa del desayuno, y desde aquel día estuvo enfermo hasta que murió. Jamás pudimos descubrir lo que decía aquella carta, pero mientras la tenía en las manos pude ver que era breve y estaba escrita con muy mala letra. Desde hacía varios años, nuestro padre padecía de dilatación del bazo, pero a partir de entonces empeoró rápidamente y hacia finales de abril supimos que no había esperanzas y que quería hacernos una revelación postrera.

»Cuando entramos en su habitación, estaba incorporado en la cama con ayuda de varias almohadas y respiraba con dificultad. Nos pidió que cerráramos la puerta y que nos situáramos uno a cada lado de la cama. Entonces, cogiéndonos de las manos, nos contó una historia extraordinaria, con una voz quebrada por la emoción y el dolor a partes iguales. Voy a intentar repetírsela a ustedes con sus mismas palabras:

»Sólo hay una cosa —nos dijo— que me pesa en la conciencia en este momento supremo. Es la manera en que me he portado con la pobre huérfana de Morstan. La maldita codicia, que ha sido mi principal pecado durante toda mi vida, la ha privado del tesoro, cuando le correspondía por lo menos la mitad del mismo. Y sin embargo, yo tampoco lo he aprovechado. ¡Qué cosa tan ciega y estúpida es la avaricia! La simple sensación de poseerlo me resultaba tan agradable que no podía soportar la idea de compartirlo con nadie. ¿Veis esa diadema con cuentas de perlas que hay junto al frasco de quinina? Pues ni siquiera de eso fui capaz de desprenderme, aunque lo había sacado con la intención de enviárselo. Vosotros, hijos míos, le daréis una parte justa del tesoro de Agra. Pero no le enviéis nada, ni siquiera la diadema, hasta que yo haya muerto. Al fin y al cabo, hay quien ha estado tan mal como yo y se ha recuperado.

»Voy a contaros cómo murió Morstan —continuó—. Llevaba años enfermo del corazón, pero no se lo había dicho a nadie. Yo era el único que lo sabía. Cuando él y yo estábamos en la India, por una extraña serie de acontecimientos, llegó a nuestro poder un importante tesoro. Yo me lo traje a

Inglaterra, y cuando llegó Morstan, aquella misma noche vino derecho aquí a reclamar su parte. Vino andando desde la estación y le abrió la puerta el viejo y leal Lal Chowdar, que en paz descanse. Morstan y yo tuvimos una diferencia de opiniones sobre el reparto del tesoro y nos cruzamos palabras muy fuertes. En un ataque de ira, Morstan se puso en pie de un salto y, de pronto, se llevó la mano al costado, se le oscureció el rostro y cayó hacia atrás, golpeándose la cabeza contra la esquina del cofre del tesoro. Cuando me incliné sobre él, descubrí horrorizado que había muerto.

»Me quedé mucho tiempo sentado y medio atontado, preguntándome qué podía hacer. Naturalmente, mi primer impulso fue pedir ayuda; pero me daba perfecta cuenta de que era muy probable que me acusaran de asesinato. El que hubiera muerto durante una disputa y la herida que tenía en la cabeza eran indicios muy graves en mí contra. Por otra parte, era imposible realizar una investigación oficial sin que saliera a relucir la historia del tesoro, que yo estaba firmemente decidido a mantener en secreto. El me había dicho que nadie en el mundo sabía dónde había ido. Me pareció que no había ninguna necesidad de que alguien lo supiera jamás.

»Todavía seguía dándole vueltas al asunto cuando levanté la mirada y vi a mi sirviente Lal Chowdar en el umbral de la puerta. Entró con sigilo y cerró la puerta con pestillo. "No tema, sahib —dijo—. Nadie tiene por qué saber que usted lo ha matado. Esconderemos el cadáver y ¿quién va a enterarse?".

"Yo no lo maté", dije. Lal Chowdar meneó la cabeza y sonrió. "Lo he oído todo, sahib —dijo—. Oí la pelea y oí el golpe. Pero mis labios están sellados. Todos están dormidos en la casa. Lo sacaremos entre los dos". Aquello bastó para decidirme. Si mi propio sirviente era incapaz de creer en mi inocencia, ¿cómo podía esperar que me creyeran doce estúpidos tenderos formando parte de un jurado? Aquella misma noche, Lal Chowdar y yo nos deshicimos del cadáver y a los pocos días todos los periódicos de Londres hablaban de la misteriosa desaparición del capitán Morstan. Os cuento todo esto para que veáis que no fue culpa mía. Sí soy culpable en cambio de haber escondido no sólo el cadáver sino también el tesoro, y de haberme quedado con la parte de Morstan, además de la mía. Por eso quiero que vosotros os encarguéis de reparar mi falta. Acercad el oído a mi boca. El tesoro está escondido en...

»En aquel instante, su rostro sufrió una horrible transformación. Se le desorbitaron los ojos, se le desencajó la mandíbula y gritó, con una voz que jamás podré olvidar: "¡No le dejéis entrar! ¡Por amor de Dios, no le dejéis entrar! ". Los dos nos volvimos hacia la ventana que teníamos a la espalda, en la que nuestro padre tenía clavada la mirada. Una cara nos miraba desde la oscuridad. Pudimos ver su nariz blanqueada al aplastarse contra el cristal. Era un rostro barbudo, con ojos feroces y crueles y una expresión de maldad concentrada. Mi hermano y yo corrimos hacia la ventana, pero el hombre había desaparecido. Cuando regresamos junto a nuestro padre, su cabeza se había desplomado y su pulso había dejado de latir.

»Aquella noche registramos el jardín sin encontrar ni rastro del intruso, exceptuando una única pisada bajo la ventana, en un macizo de flores. De no ser por aquella huella, habríamos podido pensar que aquel rostro feroz era un producto de nuestra imaginación. Sin embargo, pronto tuvimos una nueva y contundente prueba de que alguna fuerza secreta actuaba a nuestro alrededor. Por la mañana encontramos abierta la ventana de la habitación de nuestro padre; habían revuelto todos sus armarios y cajones, y le habían prendido al pecho un papel arrugado, con las palabras "El signo de los cuatro". jamás supimos lo que significaba aquella frase, ni quién podía haber sido nuestro misterioso visitante. Por lo que pudimos apreciar, no había robado ninguna de las pertenencias de nuestro padre, aunque lo había revuelto todo. Naturalmente, mi hermano y yo relacionamos este curioso incidente con el miedo que había atormentado a nuestro padre cuando estaba vivo; pero sigue siendo un completo misterio para nosotros.

El hombrecillo se inclinó para volver a encender su hookah y estuvo unos momentos dando chupadas, con expresión pensativa. Todos habíamos quedado absortos escuchando aquel extraordinario relato. Durante la breve descripción de la muerte de su padre, la señorita Morstan se había puesto pálida como un cadáver, y por un momento temí que fuera a desmayarse. Sin embargo, se recuperó bebiendo un vaso de agua que yo le serví de una garrafa veneciana que había en una mesita. Sherlock Holmes estaba echado hacia atrás en su asiento, con expresión abstraída y los párpados medio cerrados sobre sus ojos relucientes. Al mirarlo no pude evitar acordarme de que aquel mismo día se había estado quejando de las vulgaridades de la vida. Por lo menos, aquí tenía un problema capaz de poner a prueba toda su sagacidad. El señor Thaddeus Sholto nos miró a todos, visiblemente orgulloso del efecto que había producido su relato, y continuó, entre chupada y chupada a su voluminosa pipa:

—Como podrán suponer —dijo—, mi hermano y yo estábamos excitadísimos por aquel tesoro del que nos había hablado nuestro padre. Durante semanas y meses, cavamos y registramos en todos los rincones del jardín y de la casa sin localizar el escondrijo. Era como para volverse loco, pensar que lo tenía en la punta de la lengua en el mismo instante de morir. La diadema que nos había enseñado daba idea del esplendor de las riquezas ocultas. Mi hermano Bartholomew y yo tuvimos algunas discusiones acerca de aquella diadema. Era evidente que las perlas tenían muchísimo valor, y él se resistía a desprenderse de ellas, porque, aquí entre nosotros, también mi hermano tiene cierta tendencia al pecado de mi padre. Además, creía que entregar la diadema podría dar lugar a habladurías que, al final, nos meterían en apuros. Lo más que pude hacer fue convencerle de que me permitiera averiguar la dirección de la señorita Morstan y enviarle las perlas una a una, a intervalos fijos, para que, al menos, nunca más pasara necesidades.

—Fue una idea muy generosa —dijo nuestra acompañante, emocionada—. Ha sido usted muy amable.

El hombrecillo agitó la mano en señal de negativa.

—Nosotros éramos como sus albaceas —dijo—. Así es como lo veía yo, aunque mi hermano Bartholomew no acababa de estar de acuerdo. Nosotros teníamos ya mucho dinero; yo no deseaba más. Además, habría sido de muy mal gusto tratar a una joven de manera tan mezquina. Le mauvais groût mène au crime, como dicen los franceses, que tienen una manera muy fina de decir estas cosas. Nuestras diferencias de opinión sobre el tema llegaron a tal extremo que juzgué conveniente buscarme una casa propia, así que me marché del Pabellón Pondicherry, llevándome conmigo al viejo khitmutgar y a Williams. Pero ayer mismo me enteré de que había ocurrido un acontecimiento de la máxima importancia. Se ha descubierto el tesoro. Al instante, Me puse en contacto con la señorita Morstan, y ahora sólo nos queda ir a Norwood y reclamar nuestra parte. Anoche le expuse mis opiniones a mi hermano Bartholomew, así que seremos visitantes esperados, aunque no bienvenidos.

El señor Thaddeus Sholto dejó de hablar y siguió temblequeando, sentado en su lujoso canapé. Todos quedamos callados, pensando en el nuevo giro que había adoptado aquel misterioso asunto. Holmes fue el primero en ponerse en pie.

—Caballero, ha obrado usted bien de principio a fin —dijo—. Es posible que podamos corresponderle en cierta medida, arrojando algo de luz sobre lo que todavía está oscuro para usted. Pero, como dijo hace poco la señorita Morstan, se hace tarde y lo mejor será que resolvamos el asunto sin más dilación.

Nuestro nuevo conocido enrolló muy parsimoniosamente el tubo de su hookah y sacó de detrás de una cortina un abrigo muy largo, abrochado con alamares y con cuello y puños de astracán. Se lo abotonó hasta arriba, a pesar de que la noche era bastante sofocante, y completó su atuendo encasquetándose un gorro de piel de conejo con orejeras, de manera que no quedó visible parte alguna de su cuerpo, excepto su cara gesticulante y puntiaguda.

—Tengo la salud algo frágil —comentó mientras abría la marcha por el pasillo—. Me veo obligado a vivir como un achacoso.

El coche nos aguardaba fuera y era evidente que nuestro programa estaba organizado de antemano, porque el cochero arrancó inmediatamente a paso rápido. Thaddeus Sholto hablaba sin parar, con una voz que destacaba muy por encima del traqueteo de las ruedas.

—Bartholomew es un tipo listo —dijo—. ¿Cómo creen que averiguó dónde estaba el tesoro? Había llegado a la conclusión de que tenía que estar en alguna parte de la casa, así que calculó todo el espacio cúbico de la casa y tomó medidas por todas partes, de manera que no quedara por comprobar ni una pulgada. Entre otras cosas, descubrió que la altura del edificio era de setenta y cuatro pies, pero que sumando las alturas de todas las habitaciones y dejando margen suficiente para los espacios entre ellas, que verificó haciendo calas, el total no pasaba de setenta pies. Faltaban cuatro pies por alguna parte. Sólo podían estar en lo alto del edificio; así que abrió un agujero en el techo de yeso de la habitación más alta y allí, efectivamente, encontró un pequeño desván, completamente tapiado, que nadie conocía. En el centro estaba el cofre del tesoro, colocado sobre dos vigas. Lo descolgó a través del agujero y allí lo tiene. Ha calculado el valor de las joyas en medio millón de libras esterlinas, como mínimo.

Al oír aquella gigantesca cifra, todos nos miramos con ojos desorbitados. Si podíamos hacer valer sus derechos, la señorita Morstan dejaría de ser una humilde institutriz para convertirse en la heredera más rica de Inglaterra. Cualquier amigo leal habría tenido que alegrarse ante semejante noticia, pero confieso avergonzado que me dejé vencer por el egoísmo y sentí que el corazón me pesaba como si fuera de plomo. Balbuceé unas cuantas y entrecortadas palabras de felicitación y me quedé abatido, con la cabeza gacha, sordo al parloteo de nuestro nuevo amigo. Decididamente, el hombre era un hipocondríaco sin remedio, y yo era vagamente consciente de que iba enumerando interminables series de síntomas y suplicando información acerca de la composición y efectos de innumerables potingues de charlatán, varios de los cuales llevaba en el bolsillo, en un estuche de cuero. Confío en que no recuerdo ninguna de las respuestas que le di aquella noche. Holmes asegura que me oyó advertirle del gran peligro que supone tomar más de dos gotas de aceite de ricino, y que le recomendé estricnina en grandes dosis como sedante. Sea lo que fuere, lo cierto es que sentí un gran alivio cuando nuestro coche se detuvo con una sacudida y el cochero saltó a tierra para abrirnos la puerta.

—Esto, señorita Morstan, es el Pabellón Pondicherry —dijo Thaddeus Sholto mientras le ofrecía la mano para bajar.

Capítulo V

La tragedia del Pabellón Pondicherry

Eran casi las once de la noche cuando llegamos a esta etapa final de nuestra aventura nocturna. Habíamos dejado atrás la niebla húmeda de la ciudad y hacía bastante buena noche. Soplaba un viento cálido del Oeste, y por el cielo se desplazaban densas nubes, entre cuyas aberturas asomaba de vez en cuando la media luna. Había bastante claridad como para ver a cierta distancia, pero Thaddeus Sholto descolgó uno de los faroles laterales del carruaje para iluminar mejor nuestro camino.

El Pabellón Pondicherry se alzaba en terreno propio, rodeado por una tapia de piedra muy alta y rematada con cristales rotos. La única vía de entrada era una puerta estrecha con refuerzos de hierro. Nuestro guía llamó a esta puerta con un típico toc—toc como el de los carteros.

—¿Quién es? —gritó desde dentro una voz ronca.

—Soy yo, McMurdo. Ya deberías conocer mi llamada.

Oímos una especie de gruñido y el tintineo y rechinar de llaves. La puerta se abrió con dificultad hacia dentro y un hombre bajo y ancho de pecho apareció en el hueco; la luz amarillenta del farol caía sobre su rostro de facciones prominentes, haciéndole guiñar los ojos desconfiados.

—¿Es usted, señor Thaddeus? ¿Pero quiénes son esos otros? El señor no me ha dicho nada de ellos.

—¿Cómo que no, McMurdo? Me sorprendes. Anoche le dije a mi hermano que traería unos amigos.

—No ha salido de su habitación en todo el día, señor Thaddeus, y no me ha dado instrucciones. Usted sabe muy bien que debo atenerme a las normas. Puedo dejarle entrar a usted, pero sus amigos tienen que quedarse donde están.

Aquél era un obstáculo inesperado. Thaddeus Sholto miró a su alrededor con aire perplejo e indefenso.

—Esto no puede ser, McMurdo —dijo—. Si yo respondo de ellos, con eso debe bastarte. ¿Y qué me dices de la señorita? No puede quedarse esperando en la carretera a estas horas.

—Lo siento mucho, señor Thaddeus —dijo el portero, inexorable—.Esta gente pueden ser amigos suyos y no serlo del señor. Él me paga bien para que cumpla mi tarea, y yo cumplo mi tarea. No conozco a ninguno de sus amigos.

—Sí que conoce a alguno, McMurdo —exclamó Sherlock Holmes jovialmente—. No creo que se haya olvidado de mí. ¿No se acuerda del aficionado que peleó tres asaltos con usted en los salones Alison la noche de su homenaje, hace cuatro años?

—¡No será usted Sherlock Holmes! —rugió el boxeador—. ¡Válgame Dios! ¡Mira que no reconocerle! Si en lugar de quedarse ahí tan callado se hubiera adelantado para atizarme aquel gancho suyo en la mandíbula, le habría conocido a la primera. ¡Ah, usted sí que ha desaprovechado su talento! Habría podido llegar muy alto si hubiera puesto ganas.

—Ya lo ve, Watson, si todo lo demás me falla, aún tengo abierta una de las profesiones científicas —dijo Holmes, echándose a reír—. Estoy seguro de que nuestro amigo no nos dejará ahora a la intemperie.

—Pase, señor, pase... usted y sus amigos —respondió el portero—. Lo siento mucho, señor Thaddeus, pero las órdenes son muy estrictas. Tenía que asegurarme de quiénes eran sus amigos antes de dejarlos entrar.

Una vez dentro, un sendero de grava serpenteaba a través de un terreno desolado hacia la enorme mole de una casa cuadrada y prosaica, toda sumida en sombras excepto una esquina, donde un rayo de luna se reflejaba en la ventana de una buhardilla. El enorme tamaño del edificio, con su aspecto lóbrego y su silencio mortal, helaba el corazón. Hasta Thaddeus Sholto parecía sentirse incómodo, y el farol temblaba estrepitosamente en su mano.

—No lo entiendo —dijo—. Tiene que haber algún error. Le dije bien claro a Bartholomew que vendríamos, pero no hay luz en su ventana. No sé qué pensar.

—¿Siempre tiene la casa así de bien guardada? —preguntó Holmes.

—Sí, ha seguido la costumbre de mi padre. Era el hijo favorito, ¿sabe usted?, y a veces pienso que es posible que mi padre le dijera a él cosas que no me dijo a mí. Aquella de arriba es la ventana de Bartholomew, donde cae la luz de la luna. Brilla mucho, pero me parece que dentro no hay luz.

—No, nada —dijo Holmes—. Pero sí que se ve brillar una luz en aquella ventanita, al lado de la puerta.

—Ah, ésa es la habitación del ama de llaves. Allí vive la anciana señora Bernstone. Ella podrá informarnos. Pero tal vez lo mejor sea que esperen ustedes aquí un par de minutos, porque si entramos todos juntos y ella no está enterada de que veníamos, puede asustarse. Pero... ¡silencio! ¿Qué es eso?

Levantó el farol y su mano se puso a temblar hasta que los círculos de luz empezaron a dar vueltas y parpadeos en torno nuestro. La señorita Morstan me agarró de la muñeca y todos nos quedamos inmóviles, con el corazón palpitando con furia y el oído aguzado. Desde el gran caserón negro, atravesando el silencio de la noche, nos llegaba el sonido más triste y lastimero que existe: los sollozos agudos y entrecortados de una mujer aterrorizada.

—¡Es la señora Bernstone! —dijo Sholto—. No hay otra mujer en la casa. Esperen aquí. Vuelvo ahora mismo.

Echó a correr hacia la puerta y llamó con su típica llamada. Vimos que una anciana alta le abría y se echaba a temblar de gozo nada más verlo.

—¡Ay, señor Thaddeus, qué alegría que haya venido! ¡Qué alegría que haya venido, señor Thaddeus!

Seguimos oyendo sus reiteradas manifestaciones de alegría hasta que la puerta se cerró y su voz se apagó, quedando reducida a un zumbido monótono.

Nuestro guía nos había dejado el farol. Holmes lo giró lentamente a nuestro alrededor y observó con atención la casa y los montones de tierra removida que salpicaban el terreno. La señorita Morstan y yo nos quedamos juntos, cogidos de la mano. ¡Qué cosa tan maravillosamente sutil es el amor! Allí estábamos los dos, que nunca nos habíamos visto hasta aquel día, que no habíamos intercambiado ni una palabra, ni tan siquiera una mirada de cariño, y sin embargo, ahora que pasábamos un momento de apuro, nuestras manos se habían buscado instintivamente. Siempre que pienso en ello me maravilla, pero en entonces me pareció la cosa más natural volverme hacia ella, y ella me ha contado a veces que también fue el instinto el que la hizo recurrir a mí en busca de protección. Y así nos quedamos, cogidos de la mano como dos niños, y había paz en nuestros corazones a pesar de todas las cosas siniestras que nos rodeaban.

—¡Qué lugar tan extraño! —dijo ella, mirando alrededor. —Parece como si hubieran soltado por aquí a todos los topos de Inglaterra. He visto algo parecido en la ladera de una montaña de Ballarat, donde habían estado los buscadores de oro.

—Y por los mismos motivos —dijo Holmes—. Éstas son las huellas de los buscadores de tesoros. Recuerden que han estado buscándolo durante seis años. No es de extrañar que el terreno parezca una cantera de grava.

En aquel momento, la puerta de la casa se abrió de golpe y Thaddeus Sholto salió corriendo, con los brazos extendidos y una expresión de terror en sus ojos.

—¡A Bartholomew le ha ocurrido algo malo! —gritó—. Estoy asustado. Mis nervios no aguantan más. Efectivamente, balbuceaba de miedo y su rostro gesticulante y débil, que asomaba sobre el gran cuello de astracán, tenía la expresión desamparada de un niño asustado.

—Entremos en la casa —dijo Holmes con su tono firme y decidido.

—¡Sí, entremos! —gimió Thaddeus Sholto—. La verdad, no me siento capaz de dar órdenes.

Todos le seguimos a la habitación del ama de llaves, que se encontraba a la izquierda del pasillo. La anciana estaba andando de un lado a otro con gesto asustado y dedos inquietos, pero la presencia de la señorita Morstan pareció ejercer en ella un efecto tranquilizador.

—¡Dios bendiga su cara dulce y serena! —exclamó con un sollozo histérico—. ¡Es un consuelo verla! ¡Ay, qué día tan espantoso he pasado!

Nuestra acompañante le dio unas palmaditas en las manos huesudas y estropeadas por el trabajo, y murmuró algunas palabras de consuelo, amables y femeninas, que devolvieron el color a las mejillas cadavéricas de la pobre mujer.

—El señor se ha encerrado y no me responde —explicó—. He estado todo el día esperando que llame, porque a veces le gusta estar solo sin que le molesten, pero hace una hora temí que pasara algo malo, subí a su cuarto y miré por el ojo de la cerradura. Tiene usted que subir, señor Thaddeus..., tiene que subir y verlo usted mismo. Llevo diez largos años viendo al señor Bartholomew Sholto, en momentos buenos y momentos malos, pero jamás lo he visto con una cara como la que tiene ahora.

Sherlock Holmes tomó el farol y abrió la marcha, ya que a Thaddeus Sholto le castañeteaban los dientes y estaba tan trastornado que tuve que pasarle la mano bajo el brazo para sostenerlo cuando subíamos las escaleras, porque le temblaban las rodillas.

Durante la ascensión, Holmes sacó dos veces su lupa del bolsillo y examinó atentamente marcas que a mí me parecieron simples manchas de polvo en la estera de palma que servía como alfombra de la escalera. Caminaba despacio, de escalón en escalón, sosteniendo la lámpara a poca altura y lanzando atentas miradas a derecha e izquierda. La señorita Morstan se había quedado con la aterrorizada ama de llaves.

El tercer tramo de escaleras terminaba en un pasillo recto bastante largo, con un gran tapiz indio a la derecha y tres puertas a la izquierda. Holmes avanzó por dicho pasillo del mismo modo lento y metódico, y los demás le seguíamos los pasos, proyectando negras y largas sombras a nuestras espaldas. La tercera puerta era la que buscábamos. Holmes llamó sin obtener respuesta, y después intentó girar el picaporte y abrirlo a la fuerza. Pero la puerta estaba cerrada por dentro, y con una cerradura muy grande y resistente, como pudimos apreciar alumbrándola con la lámpara. No obstante, como habían hecho girar la llave, el ojo de la cerradura no estaba tapado del todo. Sherlock Holmes se agachó para mirar y se incorporó al instante, tomando aire ruidosamente.

—Aquí hay algo diabólico, Watson —dijo, más emocionado que lo que yo le había visto nunca—. ¿Qué le parece a usted?

Me agaché para mirar por el agujero y retrocedí horrorizado. La luz de la luna entraba en la habitación, iluminándola con un resplandor difuso y desigual. Mirándome de frente y como suspendida en el aire, ya que todo lo demás estaba en sombras, había una cara..., la mismísima cara de nuestro compañero Thaddeus. Tenía el mismo cráneo puntiagudo y brillante, la misma orla circular de pelo rojo, la misma palidez en el rostro. Sin embargo, sus facciones estaban contraídas en una sonrisa horrible, una sonrisa agarrotada y antinatural, que en aquella habitación silenciosa y a la luz de la luna resultaba más perturbadora que cualquier contorsión o mal gesto. Tanto se parecía aquel rostro al de nuestro pequeño amigo que me volví a mirarlo para asegurarme de que seguía con nosotros. Sólo entonces me acordé de que nos había dicho que su hermano y él eran gemelos.

—¡Es terrible! —le dije a Holmes—. ¿Qué hacemos?

—Hay que echar abajo la puerta —respondió, lanzándose contra ella y aplicando todo su peso sobre la cerradura.

La puerta crujió y gimió, pero no cedió. De nuevo nos lanzamos contra ella, los dos juntos, y esta vez se abrió con un súbito chasquido y nos encontramos dentro de la habitación de Bartholomew Sholto.

Parecía estar equipada como un laboratorio químico. En la pared más alejada de la puerta se alineaba una doble hilera de frascos con tapón de cristal, y en la mesa había un revoltijo de mecheros Bunsen, tubos de ensayo y retortas. En los rincones había garrafas de ácido en cestos de mimbre. Una de ellas tenía un agujero o estaba rota, porque había dejado escapar un reguero de líquido oscuro y el aire estaba cargado de un olor picante, como de alquitrán. A un lado de la habitación había una escalera de mano, en medio de un montón de tablas rotas y trozos de escayola, y encima de ella se veía un agujero en el techo, lo bastante grande para que pasara por él un hombre. Al pie de la escalera había un largo rollo de cuerda, tirado de cualquier manera.

Junto a la mesa, sentado en un sillón de madera, estaba sentado el dueño de la casa, desmadejado y con la cabeza caída sobre el hombro izquierdo, y con aquella sonrisa espantosa e inescrutable en su rostro. Estaba rígido y frío, y se notaba que llevaba muerto muchas horas. Me dio la impresión de que no sólo sus facciones, sino todos sus miembros, estaban retorcidos y contraídos de la manera más fantástica. Sobre la mesa, junto a la mano del muerto, había un instrumento muy curioso: un mango de madera oscura y de grano fino con una cabeza de piedra, como la de un martillo, atada toscamente con una cuerda áspera. Junto a esta especie de maza había una hoja de cuaderno rasgada, en la que se veían garabateadas unas palabras. Holmes le echó un vistazo y luego me la pasó.

—Mire —dijo, levantando elocuentemente las cejas.

A la luz de la linterna, leí con un estremecimiento de horror: «El signo de los cuatro.»

—¡Por amor de Dios! ¿Qué significa esto? —pregunté.

—Significa asesinato —respondió Holmes, inclinándose sobre el cadáver—

. ¡Ajá! Lo que yo suponía. ¡Mire aquí!

Estaba señalando algo que parecía una espina larga y oscura, clavada en la piel justo encima de la oreja.

—Parece una espina —dije.

—Es una espina. Puede usted arrancarla, pero tenga cuidado, porque está envenenada.

La cogí entre el índice y el pulgar. Salió con tanta facilidad que prácticamente no dejó señal en la piel. El único rastro del pinchazo era una minúscula gotita de sangre.

—Para mí, todo esto es un misterio insoluble —dije—. En lugar de aclararse, cada vez se enturbia más.

—Al contrario —respondió Holmes—. Se va aclarando más a cada instante. Ya sólo me faltan unos pocos eslabones para tener el caso completamente explicado.

Desde que entramos en la habitación, casi nos habíamos olvidado de nuestro compañero, que seguía de pie en el umbral, convertido en la imagen misma del terror, retorciendo las manos y gimoteando en voz baja. Pero de pronto estalló en un grito penetrante y angustiado.

—¡El tesoro ha desaparecido! —exclamó—. ¡Le han robado el tesoro! Ése es el agujero por donde lo bajamos. Yo le ayudé a hacerlo. Fui la última persona que vio a mi hermano. Lo dejé aquí anoche, y le oí cerrar la puerta mientras yo bajaba la escalera.

—¿Qué hora era?

—Las diez de la noche. Y ahora está muerto, y llamarán a la policía, y sospecharán que yo he tenido parte en el asunto. Sí, seguro que sospecharán. Pero ustedes no creerán eso, ¿verdad, caballeros? ¿Verdad que no creen que fui yo? ¿Los habría traído aquí si hubiera sido yo? ¡Ay, Dios mío! ¡Ay, Dios mío! Sé que me voy a volver loco.

Se puso a agitar los brazos y patear el suelo, en una especie de frenesí convulsivo.

—No debe temer nada, señor Sholto —dijo Holmes amablemente, poniéndole la mano en el hombro—. Siga mi consejo y vaya en el coche a la comisaría para informar a la policía. Ofrézcase para ayudarlos en todo lo que haga falta. Nosotros aguardaremos aquí hasta que usted vuelva.

El hombrecillo obedeció medio atontado y le oímos bajar las escaleras en la oscuridad, dando tropezones.

Capítulo VI

Sherlock Holmes hace una demostración

—Y ahora, Watson —dijo Holmes, frotándose las manos—, disponemos de media hora, así que vamos a aprovecharla. Como ya le he dicho, tengo el caso prácticamente completo; pero no hay que errar por exceso de confianza. Aunque ahora el caso parece muy sencillo, puede que oculte alguna complicación.

—¡Sencillo! —exclamé yo.

—Pues claro —dijo él, con cierto aire de profesor de medicina explicando en clase—. Ande, siéntese en ese rincón para que sus pisadas no compliquen el asunto. Y ahora, ¡a trabajar! En primer lugar: ¿cómo entró esa gente, y cómo salió? La puerta no se ha abierto desde anoche. ¿Y la ventana?

Acercó la lámpara a la ventana, comentando en voz alta sus observaciones, pero hablando más consigo mismo que conmigo.

—La ventana está cerrada por la parte de dentro. El marco es sólido. No hay bisagras a los lados. Vamos a abrirla. No hay tuberías cerca. El tejado está fuera del alcance. Sin embargo, a esta ventana ha subido un hombre. Anoche llovió un poco y aquí en el alféizar se ve la huella de un pie. Y aquí hay una huella circular de barro, y también ahí en el suelo, y otra más junto a la mesa. ¡Mire esto, Watson! Ésta sí que es una bonita demostración.

Yo miré los discos de barro, redondos y bien definidos.

—Eso no es una pisada —dije.

—Es algo que para nosotros tiene mucho más valor. Es la huella de una pata de palo. ¿Ve? Aquí en el alféizar de la ventana hay una huella de bota, una bota pesada, con refuerzo metálico en el tacón; Y, junto a ella, la huella de la pata de palo.

—¡El hombre de la pata de palo!

—Exacto. Pero aquí ha habido alguien más. Un cómplice muy hábil y eficiente. ¿Sería usted capaz de escalar esa pared, doctor?

Miré por la ventana abierta. La luna seguía iluminando bien aquella esquina de la casa. Estábamos por lo menos a dieciocho metros del suelo y, por mucho que miré, no pude encontrar ningún asidero ni punto de apoyo, ni tan siquiera una grieta en la pared de ladrillo.

—Es completamente imposible —respondí.

—Sin ayuda, desde luego. Pero suponga que tiene usted un amigo aquí arriba que le echa esa cuerda tan buena y resistente que hay en ese rincón, atando un extremo a ese gancho de la pared. De ese modo, si fuera usted un hombre ágil, yo creo que podría trepar, a pesar de la pata de palo. Luego se marcharía, claro está, de la misma manera, y su cómplice recogería la cuerda, la desataría del gancho, cerraría la ventana, echaría el pestillo por dentro y se marcharía por donde había venido. Como detalle secundario —continuó, pasando los dedos por la cuerda—, podemos añadir que nuestro amigo de la pata de palo, a pesar de ser buen escalador, no es un marino profesional. No tiene las manos encallecidas. Mi lupa descubre más de una mancha de sangre, sobre todo hacia el final de la cuerda, de lo que deduzco que se dejó deslizar a tal velocidad que se despellejó las manos.

—Todo eso está muy bien —dije yo—, pero el asunto se vuelve más incomprensible que nunca. ¿Qué me dice de ese misterioso cómplice? ¿Cómo entró en la habitación?

—¡Sí, el cómplice! —repitió Holmes, pensativo—. Esta cuestión del cómplice tiene aspectos interesantes. Es lo que eleva el caso por encima de la vulgaridad. Me da la impresión de que este cómplice abre nuevos campos en los anales del crimen en este país..., aunque se han dado casos similares en la India y, si no me falla la memoria, en Senegambia.

—A ver: ¿cómo entró? —insistí—. La puerta está cerrada, la ventana es inaccesible. ¿Entró por la chimenea?

—La rejilla es demasiado pequeña —respondió—. Ya había considerado esa posibilidad.

—Pues entonces, ¿cómo? —insistí.

—Se empeña en no aplicar mis preceptos —dijo él, meneando la cabeza—. ¿Cuántas veces le he dicho que si eliminamos lo imposible, lo que queda, por improbable que parezca, tiene que ser la verdad? Sabemos que no entró por la puerta, ni por la ventana, ni por la chimenea. También sabemos que no podía estar escondido en la habitación, ya que no hay escondite posible. Así pues, ¿por dónde entró?

—¡Por el agujero del techo! —exclamé.

—Pues claro. Tiene que haber entrado por ahí. Si tiene la amabilidad de sujetar la lámpara, extenderemos nuestras investigaciones al cuarto de arriba. El cuarto secreto donde se encontró el tesoro.

Se subió a la escalerilla y, agarrándose a una viga con cada mano, se izó hasta el desván. Luego se tumbó boca abajo para recoger la lámpara y la sostuvo mientras yo le seguía.

La cámara en la que nos encontrábamos medía unos tres metros por dos. El suelo estaba formado por las vigas, con listones y yeso entre medias, de manera que había que andar poniendo los pies de viga en viga. El techo abuhardillado terminaba en punta y era evidentemente la parte interior del verdadero tejado de la casa. No había muebles de ninguna clase, y en el suelo se acumulaba el polvo de muchos años en una gruesa capa.

—Ahí lo tiene. ¿Lo ve? —dijo Sherlock Holmes, apoyando la mano en la pared inclinada—. Aquí hay una trampilla que da al tejado. La empujo y aquí está el tejado mismo, levemente inclinado. Así pues, por aquí entró el Número Uno. Veamos si podemos encontrar alguna otra huella de su personalidad.

Dejó la lámpara en el suelo y al hacerlo vi que, por segunda vez en aquella noche, en su rostro aparecía una expresión de sorpresa y sobresalto. En cuanto a mí, seguí su mirada y sentí un escalofrío bajo mis ropas. El suelo estaba cubierto de huellas de pies desnudos: claras, bien definidas, perfectamente formadas, pero apenas la mitad de grandes que las de un hombre normal.

—Holmes —dije en un susurro—, ha sido un niño el que ha hecho este horrible trabajo.

El había recuperado en un instante el control de sí mismo.

—Por un momento, me ha desconcertado —dijo—, pero es algo muy natural. Lo que pasa es que me falló la memoria; de lo contrario, me lo habría imaginado de antemano. De aquí no sacaremos nada más. Vamos abajo.

—¿Y cuál es su teoría acerca de esas huellas? —pregunté.

—Querido Watson, intente analizarlo usted mismo —dijo con un tonillo de impaciencia—. Conoce mis métodos. Aplíquelos y será muy instructivo comparar los resultados.

—No se me ocurre nada que abarque los hechos —respondí.

—Pronto lo verá todo claro —dijo con aire despreocupado—. No creo que aquí quede ninguna otra cosa de interés, pero echaré una mirada.

Sacó la lupa y una cinta métrica y recorrió la habitación de rodillas, midiendo, comparando, examinando, con su larga nariz a pocos centímetros de las tablas del suelo y sus ojos redondos brillando desde el fondo de sus cuencas, como los de un pájaro. Tan rápidos, silenciosos y furtivos eran sus movimientos, como los de un sabueso bien adiestrado siguiendo un rastro, que no pude evitar pensar en el terrible criminal que habría podido ser si hubiera aplicado su energía y sagacidad en contra de la ley, en lugar de aplicarlas en su defensa. Mientras husmeaba, no paraba de murmurar para sí mismo, hasta que al final estalló en un fuerte cacareo de júbilo.

—Desde luego, estamos de suerte —dijo—. De aquí en adelante, ya no deberíamos tener problemas. El Número Uno ha tenido la desgracia de pisar la creosota. Vea el contorno de su piececito ahí, al lado de ese pringue maloliente. Como ve, la garrafa se ha agrietado, y el producto se ha derramado.

—¿Y eso, qué? —pregunté.

—Pues que ya lo tenemos, así de simple —dijo él—. Conozco un perro capaz de seguir ese olor hasta el fin del mundo. Si una jauría es capaz de seguir el rastro de un arenque por todo un condado, ¿qué no podrá hacer un perro especialmente adiestrado con un olor tan penetrante como éste? Es como un problema de regla de tres. La respuesta nos dará el... ¡Ah, vaya! Aquí tenemos a los representantes oficiales de la ley.

De la planta baja llegaba el sonido de fuertes pisadas y un clamor de voces, y la puerta del vestíbulo se cerró con un ruidoso portazo.

—Antes de que lleguen —dijo Holmes—, ponga la mano aquí, en el brazo de este pobre hombre, y aquí, en la pierna. ¿Qué nota?

—Los músculos están duros como una tabla —respondí.

—Exacto. Están en un estado de contracción extrema, que supera con mucho el rigor mortis normal. Si combinamos eso con esta distorsión de la cara, esta sonrisa hipocrática o risus sardonicus como la llamaban los autores antiguos, ¿qué conclusión se le ocurre?

—Muerte causada por algún potente alcaloide vegetal —respondí—. Alguna sustancia parecida a la estricnina, capaz de provocar tétanos.

—Eso es lo que se me ocurrió a mí desde el instante mismo en que vi los músculos contraídos de la cara. En cuanto entré en la habitación, lo primero que busqué fue el medio empleado para inocular el veneno. Como usted vio, encontré una espina en el cuero cabelludo, clavada o disparada sin mucha fuerza. Fíjese en que, si el hombre estaba sentado derecho, la espina se clavó en la parte que daba al agujero del techo. Y ahora, examinemos la espina.

La cogí con cuidado y la sostuve a la luz de la linterna. Era larga, afilada y negra, con una especie de esmalte hacia la punta, como si allí se hubiera secado alguna sustancia resinosa. El extremo romo había sido cortado y redondeado con un cuchillo.

—¿Es una espina inglesa? —preguntó Holmes.

—No, desde luego que no.

—Pues con todos estos datos, ya debería usted haber sacado alguna deducción correcta. Pero aquí llegan las fuerzas oficiales; lo mejor será que las fuerzas auxiliares nos batamos en retirada.

Mientras Holmes hablaba, los pasos se habían ido acercando y ya resonaban con fuerza en el pasillo. Un hombre muy corpulento y de aire autoritario, vestido con un traje gris, entró dando zancadas en la habitación. Tenía el rostro colorado, voluminoso y pletórico, con un par de ojillos muy pequeños y centelleantes, que miraban con viveza entre unos párpados hinchados y fofos. Le seguían de cerca un inspector de uniforme y el todavía tembloroso Thaddeus Sholto.

—¡Aquí hay lío! —dijo con voz ronca y apagada—. ¡Un bonito lío! Pero ¿quiénes son todos éstos? ¡Caramba, esta casa parece tan llena como una madriguera de conejos!

—Supongo que se acordará de mí, señor Athelney Jones —dijo Holmes, muy tranquilo.

—¡Pues claro que sí! —resolló el policía—. Es el señor Sherlock Holmes, el teórico. ¡Que si me acuerdo! Nunca olvidaré la charla que nos dio sobre causas, inferencias y efectos en el caso de las joyas de Bishopgate. Es cierto que nos puso sobre la buena pista; pero ahora reconocerá que fue más por buena suerte que por buen criterio.

—Fue un trabajo de razonamiento muy sencillo.

—¡Ande, ande! No le dé vergüenza reconocerlo. Pero ¿qué es todo esto?

¡Mal asunto, mal asunto! Aquí tenemos hechos escuetos. No hay lugar para teorías. Ha sido una suerte que yo estuviera en Norwood, ocupándome de otro caso. Estaba en la comisaría cuando llegó el mensaje. ¿De qué cree usted que murió este tipo?

—Oh, no creo que sea un caso en el que yo pueda teorízar —dijo Holmes secamente.

—No, claro que no. Aun así, no se puede negar que a veces da usted en el clavo. ¡Válgame Dios! Me dicen que la puerta estaba cerrada. Y que faltan joyas que valían medio millón. ¿Qué hay de la ventana?

—Cerrada; pero hay pisadas en el alféizar.

—Bueno, bueno. Si estaba cerrada, esas pisadas no pueden tener nada que ver con el asunto. Eso es de sentido común. Puede que el hombre haya muerto de un ataque; pero el caso es que han desaparecido las joyas. ¡Ajá! Tengo una teoría. A veces me vienen de golpe. Haga el favor de salir fuera, sargento, y usted también, señor Sholto. Su amigo puede quedarse. ¿Qué opina de esto, Holmes? Según ha confesado él mismo, Sholto estuvo con su hermano anoche. El hermano murió de un ataque y Sholto se largó con el tesoro. ¿Qué le parece? Y luego, el muerto tuvo la gentileza de levantarse y cerrar la puerta por dentro.

—¡Hum! Sí, ahí hay algo que falla. Apliquemos al asunto el sentido común. Este Sholto estuvo con su hermano. Hubo una pelea. Eso nos consta. El hermano está muerto y las joyas han desaparecido; eso también nos consta. Nadie ha visto al hermano desde que Thaddeus lo dejó. No ha dormido en su cama. Thaddeus se encuentra en un estado de alteración mental de lo más evidente. Su aspecto es..., bueno, no es nada atractivo. Como ve, estoy tejiendo mi red en torno a Thaddeus. Y la red empieza a cerrarse sobre él.

—No conoce aún todos los hechos —dijo Holmes—. Esta astilla de madera, que tengo buenas razones para suponer que está envenenada, estaba clavada en el cuero cabelludo del muerto; aún se puede ver la señal. Este papel, con esta inscripción que usted ve, estaba sobre la mesa. Y junto a él estaba ese curioso instrumento con cabeza de piedra. ¿Cómo encaja todo esto en su teoría?

—La confirma en todos los aspectos —dijo pomposamente el obeso policía—. La casa está llena de curiosidades indias. Thaddeus debió de subir este chisme. Y si esta astilla es venenosa, Thaddeus puede haberla usado para matar tan bien como cualquier otro. El papel es una tomadura de pelo, una pista falsa, probablemente. El único problema es: ¿cómo se marchó? Ah, claro, hay un agujero en el techo. Con sorprendente agilidad, dado su tamaño, trepó por la escalerilla y se escurrió en el desván; un instante después, oímos su voz jubilosa, anunciando que había encontrado la trampilla.

—A veces encuentra algo —comentó Holmes, encogiéndose de hombros—. De cuando en cuando tiene algún chispazo de razón il n'y a pas des sots si incomodes que ceux qui ont de l'ésprit!

—¿Lo ven? —dijo Athelney Jones, reapareciendo escalera abajo—. A fin de cuentas, los hechos valen más que las teorías. Se confirma mi opinión del caso. Hay una trampilla que da al tejado, y está medio abierta.

—La abrí yo.

—¿Ah, sí? Conque se había fijado, ¿eh? —parecía un poco decepcionado por la noticia—. Bueno, la viera quien la viera, ya sabemos por dónde escapó nuestro caballero. ¡Inspector!

—¿Sí, señor? —respondieron desde el pasillo.

—Dígale al señor Sholto que venga para acá. Señor Sholto, es mi deber informarle de que cualquier cosa que diga podrá utilizarse en contra suya. Queda usted detenido en nombre de la reina, por participación en la muerte de su hermano.

—¡Ya está! ¿No se lo dije? —exclamó el pobre hombre, extendiendo las manos y mirándonos a Holmes y a mí.

—No se preocupe, señor Sholto —dijo Holmes—. Creo que puedo comprometerme a librarle de esta acusación.

—No prometa demasiado, señor teórico, no prometa demasiado —cortó el policía—. Podría resultarle más difícil de lo que cree.

—No sólo le libraré de la acusación, señor Jones, sino que voy a hacerle a usted un regalo: le voy a dar, completamente gratis, el nombre y la descripción de una de las dos personas que estuvieron aquí anoche. Tengo toda clase de razones para creer que se llama Jonathan Small. Es un hombre sin estudios, pequeño y ágil; le falta la pierna derecha y lleva una pata de palo que está desgastada por la parte de dentro. En el pie izquierdo calza una bota de suela gruesa y puntera cuadrada, con un refuerzo de hierro en el tacón. Es un hombre de mediana edad, muy curtido por el sol, y ha estado en la cárcel. Puede que estos pocos datos le sirvan de alguna ayuda, sobre todo si añadimos que le falta una buena parte de la piel de la palma de la mano. El otro hombre...

—¡Ah! ¿Conque hay otro? —preguntó Athelney Jones en tono burlón, aunque pude darme cuenta de que estaba impresionado por la seguridad con que hablaba Holmes.

—Se trata de una persona bastante curiosa —dijo Sherlock Holmes, dando media vuelta—. Espero poder presentarle a los dos dentro de poco. Tengo que hablar con usted, Watson.

Me condujo al final de la escalera.

—Este acontecimiento inesperado —dijo— nos ha hecho perder de vista el propósito de nuestra excursión.

—Ya he estado pensando en ello —respondí—. No está bien que la señorita Morstan permanezca en esta casa de desgracias.

—No. Tiene usted que acompañarla a su casa. Vive con la señora de Cecil Forrester, en Lower Camberwell. No queda muy lejos. Esperaré aquí a que usted regrese. ¿O está demasiado cansado?

—Nada de eso. No creo que pueda descansar mientras no sepa algo más de este fantástico asunto. Yo ya he visto algo del lado malo de la vida, pero le doy mi palabra de que esta rápida serie de extrañas sorpresas me ha alterado los nervios por completo. No obstante, ya que hemos llegado hasta aquí, me gustaría acompañarle hasta ver resuelto el caso.

—Su presencia me resultará muy útil —respondió—. Investigaremos el caso por nuestra cuenta y dejaremos que ese infeliz de Jones presuma todo lo que quiera con los disparates que se le ocurren. Cuando haya dejado en su casa a la señorita Morstan, quiero que vaya al número 3 de Pinchin Lane, en Lambeth, cerca de la orilla del río. En la tercera casa de la derecha vive un taxidermista, que se llama Sherman. En el escaparate verá una comadreja disecada atrapando a un conejo. Despierte al viejo Sherman, salúdele de mi parte y dígale que necesito a Toby ahora mismo. Tráigase a Toby en el coche.

—Será un perro, supongo.

—Sí, un perro mestizo, de mezcla rara, con un olfato absolutamente increíble. Confío más en la ayuda de Toby que en la de todo el cuerpo de policía de Londres.

—Pues yo se lo traeré —dije—. Ahora es la una. Si consigo un caballo de refresco, podré estar de vuelta antes de las tres.

—Y yo veré lo que puedo averiguar por medio de la señora Bernstone y del sirviente indio, que, según me ha dicho el señor Thaddeus, duerme en la buhardilla de al lado. Luego estudiaré los métodos del gran Jones y aguantaré sus no muy delicados sarcasmos. «Wir sind gewohnt dass die Menschen verhöhnen was sie nicht verstehen». ¡Cuánta razón tenía Goethe!

Capítulo VII

El episodio del barril

Los policías habían llegado en coche, y en ese coche acompañé a su casa a la señorita Morstan. Con un estilo angelical típicamente femenino, había sobrellevado los malos momentos con expresión serena mientras hubo alguien más débil que ella a quien consolar, y yo la había visto animada y tranquila al lado de la aterrada ama de llaves. Sin embargo, en el coche estuvo primero a punto de desmayarse y luego estalló en llantos apasionados, de tanto que la habían afectado las aventuras de aquella noche. Tiempo después me confesó que durante aquel trayecto yo le había parecido frío y distante. Poco sospechaba la lucha que tenía lugar en mi pecho y el esfuerzo que tuve que hacer para contener mis impulsos. Estaba dispuesto a ofrecerle todas mis simpatías y mi amor, como le había ofrecido la mano en el jardín. Estaba convencido de que aquel único día de extrañas aventuras me había permitido conocer su carácter dulce y valeroso como no habría podido llegar a conocerlo en muchos años de trato convencional. Sin embargo, dos pensamientos tenían sellados mis labios, impidiendo salir de ellos las palabras de afecto. Ella se encontraba débil e indefensa, con la mente y los nervios trastornados; hablarle de amor en aquel momento era jugar con ventaja. Pero había algo aun peor: era rica. Si las investigaciones de Holmes tenían éxito, heredaría una fortuna. ¿Era justo, era honorable que un médico con media paga se aprovechara de una intimidad que sólo se debía al azar? Ella podría pensar que yo era un vulgar cazadotes, y yo no podía arriesgarme a que se le pasara por la cabeza semejante pensamiento. Aquel tesoro de Agra se interponía entre nosotros como una barrera infranqueable.

Eran casi las dos cuando llegamos a la casa de la señora Forrester. La servidumbre se había acostado hacía horas, pero la señora Forrester estaba tan intrigada por el extraño mensaje que había recibido la señorita Morstan que se había quedado levantada esperando su regreso. Ella misma nos abrió la puerta; era una atractiva mujer de edad madura, y me alegró ver con cuánta ternura rodeó con su brazo la cintura de la joven y con qué voz tan maternal la saludaba. Estaba claro que para ella la señorita Morstan no era una simple empleada, sino una amiga apreciada. Fuimos presentados, y la señora Forrester insistió en que entrara y le contara nuestras aventuras; pero yo le expliqué la importancia de mi misión y le prometí solemnemente pasar a visitarla para informarle de los progresos que hiciéramos en el caso. Cuando me alejaba, eché un vistazo hacia atrás y aún me parece estar viéndolas, allí en los escalones: las dos elegantes figuras abrazadas, la puerta medio abierta, la luz del vestíbulo brillando a través de la vidriera, reflejándose en el barómetro y en las varillas de la escalera... Qué reconfortante resultaba aquella imagen de tranquilo hogar inglés, por muy fugaz que fuera, en medio del violento y tenebroso asunto que nos tenía absorbidos.

Y cuanto más pensaba en lo sucedido, más extraño e incomprensible me parecía. Mientras traqueteábamos por las silenciosas calles iluminadas por farolas de gas, fui repasando toda la extraordinaria serie de acontecimientos. Lo primero, el problema original: eso, por lo menos, estaba ya bastante claro. La muerte del capitán Morstan, el envío de las perlas, el anuncio, la carta..., todo aquello lo habíamos aclarado. Sin embargo, eso nos había conducido a un misterio aun más complicado y mucho más trágico. El tesoro indio, el curioso plano encontrado en el equipaje de Morstan, la extraña escena de la muerte del mayor Sholto, el descubrimiento del tesoro, seguido inmediatamente por la muerte del descubridor, las extrañísimas circunstancias del crimen, las pisadas, las armas exóticas, las palabras escritas en el papel, que coincidían con las del plano del capitán Morstan..., un verdadero laberinto, en el que un hombre que no poseyera las extraordinarias facultades de mi compañero de alojamiento no tendría la menor esperanza de encontrar una sola pista.

Pinchin Lane era una manzana de destartaladas casas de ladrillo, de dos pisos, en la zona más baja de Lambeth. Tuve que llamar durante un buen rato al número 3 antes de que dieran señales de oírme. Por fin, vi brillar la luz de una vela detrás de la persiana y una cara se asomó a la ventana de arriba.

—Largo de ahí, borracho, vagabundo —dijo la cara—. Si das un solo golpe más, abro las perreras y te suelto cuarenta y tres perros.

—Me basta con que suelte a uno, a eso he venido —dije.

—¡Largo! —exclamó la voz—. Por Dios que tengo una palanca en esta bolsa y te la voy a tirar a la cabeza a ver si la coges al vuelo.

—Es que necesito un perro —grité.

—¡Conmigo no se discute! —chilló el señor Sherman—. Y ahora, quítate de ahí porque, en cuanto cuente tres, tiro la palanca.

—El señor Sherlock Holmes... —empecé a decir.

Estas palabras tuvieron un efecto absolutamente mágico, porque al instante la ventana se cerró de golpe y en menos de un minuto la puerta estaba desatrancada y abierta. El señor Sherman era un hombre mayor, larguirucho y flaco, con los hombros caídos, el cuello fibroso y gafas de cristales azules.

—Los amigos del señor Holmes son siempre bienvenidos —dijo—. Pase, caballero. No se acerque al tejón, que muerde. ¡Ah, desvergonzada! ¿Querías darle un mordisco al caballero, eh? —esto se lo dijo a una comadreja que asomaba su maligna cabeza de ojos rojizos entre los barrotes de su jaula—. De ése no se asuste, señor; es sólo un lución. No tiene colmillos y lo dejo suelto para que acabe con las cucarachas. Tiene que perdonarme que haya estado algo seco con usted al principio. Es que los niños no me dejan en paz, y muchos de ellos vienen a esta calle sólo para llamar a mi puerta. ¿Qué es lo que deseaba el señor Holmes?

—Necesita uno de sus perros.

—¡Ah! Será Toby, sin duda.

—Sí, Toby era el nombre.

—Toby vive en el número 7, aquí a la izquierda.

Avanzó despacio con la vela entre la pintoresca familia de animales que había reunido a su alrededor. A la luz débil y vacilante de la vela pude entrever que desde todos los rincones nos miraban ojos relucientes y curiosos. Hasta las vigas que se extendían sobre nuestras cabezas estaban cubiertas de aves de aspecto solemne, que se movían perezosamente, cambiando el peso del cuerpo de una pata a la otra al despertarse a causa de nuestras voces.

Toby resultó ser un animal feo, de pelo largo y orejas caídas, mitad spaniel y mitad ratonero, de colores castaño y blanco, de andares desgarbados y torpes. Tras dudar un momento, aceptó un terrón de azúcar que el viejo naturalista me había dado y, habiendo sellado así nuestra alianza, me siguió hasta el coche y no puso ninguna dificultad para acompañarme.

Acababan de dar las tres en el reloj de palacio cuando llegué de nuevo al Pabellón Pondicherry. Allí me enteré de que el exboxeador McMurdo había sido detenido como cómplice, y que lo habían conducido a comisaría junto con el señor Sholto.

Dos agentes de uniforme vigilaban la puerta exterior, pero me dejaron pasar con el perro cuando mencioné el nombre del detective.

Holmes estaba de pie en el umbral de la casa, con las manos en los bolsillos, fumando una pipa.

—¡Ah, ya lo trae! —dijo— ¡Hola, perrito! Athelney Jones se ha marchado. Desde que usted nos dejó, ha habido aquí un auténtico derroche de energía. No sólo ha detenido al amigo Thaddeus: también al portero, al ama de llaves y al criado indio. Tenemos toda la casa para nosotros solos, aparte de un sargento que está arriba. Deje al perro aquí y subamos.

Atamos a Toby a la mesa del vestíbulo y volvimos a subir las escaleras. La habitación estaba tal como la habíamos dejado, aunque habían cubierto la figura central con una sábana. Apoyado en un rincón, había un sargento de policía de aspecto muy fatigado.

—Déjeme su linterna sorda, sargento —dijo mi compañero—. Ahora, átenme al cuello este cordel, para colgármela por delante. Gracias. Ahora tengo que quitarme los zapatos y los calcetines. Haga el favor de llevárselos cuando baje, Watson. Yo voy a hacer un poco de escalada. Moje mi pañuelo en la creosota. Con eso bastará. Ahora suba un momento conmigo a la buhardilla.

Trepamos a través del agujero y Holmes dirigió una vez más la luz hacia las pisadas en el polvo.

—Quiero que se fije muy bien en estas pisadas —dijo—. ¿Nota algo de particular en ellas?

—Que son de un niño o de una mujer pequeña —respondí. Aparte del tamaño, hombre. ¿No ve nada más?

—A mí, francamente, me parecen como cualquier otra pisada.

—Ni mucho menos. ¡Mire usted aquí! Esta es la huella de un pie derecho en el polvo. Ahora voy a dejar yo otra a su lado, con mi pie descalzo. ¿Cuál es la principal diferencia?

—Los dedos de su pie están juntos. Los de la otra huella están perfectamente separados.

—Exacto. Eso mismo. Acuérdese de esto. Y ahora, haga el favor de asomarse a esa trampilla y olfatee el marco de madera. Yo me quedaré aquí, porque llevo el pañuelo en la mano.

Hice lo que me indicaba y al instante percibí un olor fuerte, como de alquitrán.

—Ahí es donde puso el pie al escapar. Y si usted puede captar ese rastro, no creo que Toby tenga la menor dificultad. Baje corriendo, suelte al perro, y prepárese a ver a Blondin.

Para cuando salí al jardín, Sherlock Holmes estaba ya en el tejado, y parecía una enorme luciérnaga reptando muy despacio por el caballete. Lo perdí de vista cuando pasó por detrás de una batería de chimeneas, pero volvió a aparecer y después desapareció de nuevo por el otro lado. Doblé la esquina de la casa y lo encontré sentado en la esquina del alero.

—¿Es usted, Watson?

—Sí.

—Éste es el lugar. ¿Qué es esa cosa negra que hay abajo?

—Un barril de agua.

—¿Con la tapa puesta?

—¿Sí?

—¿No hay por ahí una escalera?

—No.

—¡Condenado individuo! Esto es como para partirse el cuello. Yo debería poder bajar por donde él subió. La tubería parece bastante sólida. Allá vamos, pase lo que pase.

Se oyó un arrastrar de pies y la luz de la linterna empezó a descender poco a poco por la esquina de la pared. Por fin, dando un ágil salto, Holmes aterrizó sobre el barril, y de ahí bajó al suelo.

—Ha sido fácil seguirlo —dijo, mientras se ponía los calcetines y los zapatos—. Había tejas sueltas marcando todo el camino y con las prisas se le cayó esto. Como dicen ustedes los médicos, esto confirma mi diagnóstico.

El objeto que me mostró era una bolsita tejida con hierbas de colores, con algunas cuentas brillantes ensartadas. Por el tamaño y la forma, no era muy diferente de una petaca. En su interior había media docena de espinas de madera oscura, con un extremo afilado y el otro redondo, iguales a la que tenía clavada Bartholomew Sholto.

—Unos chismes infernales —dijo Holmes—. Tenga cuidado de no pincharse. Me alegra mucho haberlas encontrado, porque lo más probable es que el hombre no tuviera más que éstas, y así hay menos peligro de que cualquier día de éstos usted o yo acabemos con una de ellas clavada en la piel. Prefiero con mucho una bala Martini. ¿Se siente en forma para dar un paseíto de seis millas, Watson?

—Desde luego —respondí.

—¿Aguantará su pierna?

—Claro que sí.

—¡Vamos allá, perrito! ¡El bueno de Toby! ¡Huele, Toby, huele!

Colocó el pañuelo mojado en creosota bajo el hocico del perro, y el animal lo olfateó, con las peludas patas muy separadas y la cabeza torcida en un gesto muy cómico, como si fuera un entendido en vinos apreciando el buqué de un famoso reserva. A continuación, Holmes arrojó lejos el pañuelo, ató una fuerte cuerda al collar del chucho y lo condujo al pie del barril de agua. Al instante, el animal estalló en una serie de gañidos agudos y trémulos y, con el hocico pegado al suelo y la cola en alto, se lanzó a seguir la pista .a tal velocidad que mantenía la cuerda siempre tirante y nos obligaba a caminar lo más deprisa que podíamos.

Empezaba a clarear poco a poco por el Este, y la luz fría y gris nos permitía ya ver a cierta distancia. El gran caserón cuadrado, con sus ventanas negras y vacías y sus muros altos y desnudos, se alzaba a nuestras espaldas, triste y desolado. Nuestro recorrido nos llevó a través de los terrenos de la casa, entrando y saliendo de las zanjas y agujeros que se abrían como cicatrices. Todo aquel lugar, con sus montones de tierra por todas partes y sus raquíticos arbustos, tenía un aspecto de ruina y malos augurios que casaba a la perfección con la siniestra tragedia que se cernía sobre él.

Al llegar a la tapia exterior, Toby corrió a lo largo de su sombra dando gemidos de ansiedad, hasta que se detuvo en un rincón ocupado por un haya joven. En el ángulo de las dos paredes alguien había aflojado varios ladrillos, y las grietas resultantes estaban gastadas y redondeadas por la parte inferior, como si se hubieran utilizado a menudo como escalera. Holmes trepó por ellas, hizo que yo le pasara el perro y lo dejó caer al otro lado.

—Aquí hay una huella de la mano de Patapalo —me dijo cuando trepé hasta llegar a su lado—. Mire esa manchita de sangre sobre el yeso blanco. Es una suerte que no haya llovido mucho desde ayer. El olor aún seguirá en la carretera, a pesar de que nos llevan veintiocho horas de ventaja.

Confieso que yo tenía mis dudas, pensando en la cantidad de tráfico que había pasado por la carretera de Londres en el tiempo transcurrido. Pero muy pronto se disiparon mis temores. Toby no vaciló ni se desvió ni una sola vez, y siguió adelante con su curioso bamboleo al andar. No cabía duda de que el penetrante olor de la creosota dominaba con gran diferencia a todos los demás olores que pudieran competir con él.

—No vaya a creer —dijo Holmes— que mi éxito en este caso depende de una pura casualidad, como es el que uno de esos tipos haya pisado esta sustancia. Dispongo ya de datos que me permitirían seguirles la pista de otras muchas maneras; pero ésta es la más directa y, puesto que hemos tenido esa suerte, sería una vergüenza desaprovecharla. Sin embargo, esto impide que el caso se convierta en el interesante problemilla intelectual que al principio prometía ser. Podríamos haber ganado algo de prestigio con él, de no ser por esta pista tan palpable.

—Hay prestigio para dar y tomar —dije yo—. Le aseguro, Holmes, que me dejan maravillado los métodos con los que obtiene estos resultados, más aun que en el caso del asesinato de Jefferson Hope. A mí, el asunto me parece cada vez más oscuro e inexplicable. Por ejemplo: ¿cómo ha podido describir con tanta exactitud al hombre de la pata de palo?

—¡Bah! Pero, hombre, si eso es la sencillez misma. No pretendo ser teatral. Está todo a la vista, encima de la mesa. Dos oficiales que están al mando de la guardia de un presidio se enteran de un importante secreto referente a un tesoro escondido. Un inglés llamado Jonathan Small les dibuja un plano.

Acuérdese de que vimos el nombre en el plano que tenía el capitán Morstan. Lo firmó en nombre propio y de sus socios: el signo de los cuatro, como él lo llamaba en plan dramático. Con la ayuda de ese plano, los oficiales se hacen con el tesoro y uno de ellos lo trae a Inglaterra, parece que incumpliendo alguna de las condiciones bajo las cuales lo obtuvieron. Ahora bien: ¿por qué no se apoderó del tesoro el propio Jonathan Small? La respuesta es evidente: el plano está fechado en una época en la que Morstan estaba en estrecha relación con presos. Jonathan Small no podía hacerse con el tesoro porque él y sus socios estaban presos y no podían salir.

—Pero eso es pura especulación —dije yo.

—Es mucho más que eso. Es la única hipótesis que abarca todos los hechos. Veamos ahora cómo encaja todo esto con la segunda parte del drama.

El mayor Sholto vive en paz durante algunos años, feliz con su tesoro. Luego recibe una carta de la India que le deja aterrorizado. ¿Qué pudo ser?

—Una carta que decía que los hombres a los que había estafado habían salido en libertad.

—O que se habían fugado. Esto es mucho más probable, porque él debía saber cuándo terminaban sus condenas y, por lo tanto, eso no le habría sorprendido. ¿Qué es lo que hace entonces? Se pone en guardia contra un hombre con pata de palo..., un hombre blanco, fíjese, porque una vez confundió con él a un vendedor ambulante y le disparó un tiro. Ahora bien, en el plano sólo aparece un nombre europeo; todos los demás son indios o mahometanos, no hay ningún otro hombre blanco. Así pues, podemos afirmar con seguridad que el hombre de la pata de palo es el mismo Jonathan Small. ¿Encuentra algún fallo en este razonamiento?

—No; es claro y conciso.

—Pues bien, ahora vamos a ponernos en el lugar de Jonathan Small. Consideremos el asunto desde su punto de vista. Viene a Inglaterra con la doble idea de recuperar lo que cree que le pertenece y vengarse del hombre que le traicionó. Averigua dónde vive Sholto y probablemente se pone en contacto con alguien de la casa. Está ese mayordomo, Lal Rao, al que aún no hemos visto. La señora Bernstone no tiene una opinión nada buena de él. Sin embargo, Small no puede averiguar dónde está escondido el tesoro, porque eso no lo sabía nadie más que el mayor y un criado leal, que ya había muerto. De pronto, Small se entera de que el mayor está en su lecho de muerte. Frenético ante la idea de que el secreto del tesoro muera con él, sortea a la guardia, consigue llegar hasta la ventana del moribundo y lo único que le disuade de entrar es la presencia de los dos hijos. A pesar de todo, ciego de odio contra el difunto, entra en la habitación aquella misma noche, registra sus papeles privados con la esperanza de encontrar alguna información sobre el tesoro y, por último, deja un recuerdo de su visita con la frase escrita en el papel. No cabe duda de que lo tenía todo planeado de antemano y que si hubiera podido matar al mayor, habría dejado una notita similar sobre el cadáver, para indicar que no se trataba de un asesinato vulgar, sino, desde el punto de vista de los cuatro socios, de algo parecido a un acto de justicia. Las reivindicaciones de este tipo, pintorescas y extravagantes, son bastante corrientes en los anales del crimen y, por lo general, proporcionan valiosa información acerca del criminal. ¿Me sigue hasta ahora?

—Todo está muy claro.

—Pues sigamos. ¿Qué podía hacer Jonathan Small? Nada, aparte de seguir vigilando en secreto los esfuerzos que se hacían para encontrar el tesoro. Es posible que se marchara de Inglaterra y sólo volviera de vez en cuando.

Entonces se descubre la buhardilla y él es informado al instante. Una vez más, encontramos indicios de la presencia de un cómplice en la casa. Jonathan, con su pierna postiza, nunca habría podido llegar hasta la habitación de Bartholomew Sholto, en el piso más alto. Pero le acompaña un aliado bastante curioso que consigue superar esta dificultad, aunque mete el pie desnudo en la creosota. Y aquí entra Toby y la penosa caminata de seis millas para un pobre funcionario a media paga con un tendón de Aquiles estropeado.

—Pero entonces fue el compañero, y no Jonathan, quien cometió el crimen.

—Exacto. Y con gran disgusto de Jonathan, a juzgar por la manera en que pateó el suelo cuando entró en la habitación. No tenía nada personal contra Bartholomew Sholto y habría preferido limitarse a atarlo y amordazarlo. No sentía ningún deseo de meter la cabeza en la horca. Sin embargo, la cosa ya no tenía remedio; los instintos salvajes de su compañero se habían desatado y el veneno había hecho su trabajo. Así que Jonathan Small dejó su tarjeta de visita, bajó la caja del tesoro al suelo y luego descendió él. Ésta es la secuencia de acontecimientos, hasta donde puedo descifrarla. En cuanto a su aspecto personal, desde luego tiene que ser de edad madura y tiene que estar tostado por el sol después de haber cumplido condena en un horno como las islas Andaman. La estatura se deduce fácilmente de la longitud de sus pasos, y sabemos que tenía barba, porque la barba fue lo único en que se fijó Thaddeus Sholto cuando lo vio en la ventana. No sé si queda algo más.

—¿El cómplice?

—Ah, sí, en eso no hay mucho misterio. Pero muy pronto lo sabrá usted todo. ¡Qué agradable es el aire de la mañana! Mire cómo flota aquella nubecilla. Parece una pluma rosa de un flamenco gigante. Y ya asoma el borde rojo del sol sobre las nubes de Londres. Lucirá sobre muchísima gente, pero me atrevería a apostar que entre ella no hay nadie que esté enfrascado en una tarea tan extraña como la nuestra. ¡Qué pequeños nos sentimos, con nuestras insignificantes ambiciones y conflictos, en presencia de las grandes fuerzas elementales de la Naturaleza! ¿Qué tal lleva la lectura de Jean-Paul?

—Bastante bien. Lo descubrí gracias a Carlyle.

—Eso es como remontar el río hasta llegar al lago donde nace. Pues este hombre dice una cosa muy curiosa pero muy profunda: que la principal prueba de la grandeza del hombre está en su capacidad de percibir su propia pequeñez. Eso demuestra una capacidad de comparación y apreciación que es, en sí misma, una prueba de nobleza. Hay mucho alimento para la mente en Richter. No lleva usted pistola, ¿verdad?

—Llevo el bastón.

—Es posible que necesitemos algo por el estilo si llegamos hasta su cubil. A Jonathan se lo dejo a usted, pero si el otro se pone desagradable, tendré que matarlo de un tiro.

Mientras hablaba, sacó su revólver y, tras cargar dos de las recámaras, volvió a guardárselo en el bolsillo derecho de la chaqueta.

Durante todo aquel tiempo nos habíamos dejado guiar por Toby, siguiendo las carreteras semirrurales, flanqueadas de mansiones, que conducen a la metrópoli. Pero ahora empezábamos a meternos ya en calles continuas, donde los trabajadores y obreros del puerto se habían puesto ya en movimiento, mientras mujeres desaliñadas abrían las ventanas y barrían los escalones de las puertas. Los bares de tejado plano de las esquinas habían comenzado ya el negocio, y de ellos salían hombres de aspecto rudo, limpiándose la barba con la manga después de su trago matutino. Perros extraños iban de un lado a otro y nos miraban con curiosidad cuando pasábamos, pero nuestro inimitable Toby no desvió la mirada ni a la derecha ni a la izquierda y siguió trotando hacia delante, con el hocico pegado al suelo y soltando de vez en cuando un gañido de ansiedad que indicaba que el rastro estaba claro.

Habíamos atravesado Streatham, Brixton y Camberwell, y ahora nos encontrábamos en Kennington Lane, después de habernos desviado por las callejuelas laterales al este del Oval. Parecía que los hombres que perseguíamos habían seguido una curiosa ruta en zigzag, probablemente con objeto de no llamar la atención. Al final de Kennington Lane habían torcido a la izquierda por Bond Street y Miles Street. Esta última calle desemboca en Knight's Place, y allí Toby dejó de avanzar y empezó a correr de un lado a otro, con una oreja levantada y la otra caída, convertido en la perfecta imagen de la indecisión canina. Luego se puso a andar en círculos, mirándonos de vez en cuando como si solicitara nuestra simpatía en aquel momento de desconcierto.

—¿Qué demonios le pasa al perro? —gruñó Holmes—. Seguro que no tomaron un coche ni se fueron volando en globo.

—Puede que se detuvieran aquí un rato —sugerí.

—¡Ah! Todo va bien. Ahí va de nuevo —dijo mi compañero, en tono de alivio.

Efectivamente, después de olfatear una vez más por todas partes, el perro parecía haber tomado de pronto una decisión y se había puesto en marcha, lanzándose con una energía y una determinación que no le habíamos visto hasta entonces. El olor parecía ser mucho más fuerte que antes, porque ya ni siquiera tenía que arrimar el hocico al suelo, sino que tiraba de la cuerda intentando echar a correr. Por la manera en que brillaban los ojos de Holmes, supe que nos acercábamos al final de nuestro recorrido.

Así bajamos por Nine Elms hasta llegar al gran almacén de maderas de Broderick, pasada la taberna del Águila Blanca. Al llegar allí, el perro, excitado hasta el frenesí, se metió por una puerta lateral del almacén, donde ya había aserradores trabajando. Avanzó a la carrera entre el aserrín y las virutas, recorrió un callejón, torció por un pasillo entre dos pilas de maderas y por fin, con un ladrido de triunfo, se subió de un salto a un gran barril, colocado aún sobre la carretilla en la que lo habían traído. Con la lengua fuera y los ojos parpadeantes, Toby se quedó encima del barril, mirándonos a Holmes y a mí en espera de alguna señal de aprobación. Las duelas del barril y las ruedas de la carretilla estaban manchadas de un líquido oscuro y todo el ambiente estaba cargado de olor a creosota.

Sherlock Holmes y yo nos miramos el uno al otro con mirada inexpresiva y luego estallamos al mismo tiempo en una incontenible carcajada.

Capítulo VIII

Los irregulares de Baker Street

—¿Y ahora, qué? —pregunté—. Toby ha perdido su reputación de infalible.

—Ha actuado según su entendimiento —dijo Holmes, cogiéndolo para bajarlo del barril y sacarlo del almacén—. Si se piensa en la cantidad de creosota que se transporta por Londres cada día, no puede extrañar que el rastro se haya cruzado con otro. Ahora se utiliza mucho la creosota, sobre todo para tratar la madera. El pobre Toby no tiene la culpa.

—Supongo que habrá que volver al rastro principal.

—Sí. Por suerte, no tendremos que ir lejos. Está claro que lo que desconcertó al perro en la esquina de Knight's Place fue que allí había dos rastros diferentes, que iban en direcciones opuestas. Hemos seguido el que no era, y lo único que tenemos que hacer ahora es seguir el otro.

No tuvimos ninguna dificultad. En cuanto llevamos a Toby al sitio en el que había cometido el error, recorrió un amplio círculo y por fin salió disparado en una nueva dirección.

—Habrá que tener cuidado de que no nos lleve ahora al lugar de donde vino el barril de creosota —comenté.

—Ya había pensado en ello. Pero fíjese en que ahora va por la acera, mientras que el barril iba por la calzada. No, esta vez seguimos la pista buena.

El rastro bajaba hacia la ribera del río, pasando por Belmont Place y Prince's Street. Al final de Broad Street llegamos hasta la orilla misma, donde había un pequeño muelle de madera. Toby nos condujo hasta el borde del embarcadero y allí se paró, gimiendo y mirando la negra corriente de agua que pasaba a sus pies.

—Se nos acabó la suerte —dijo Holmes—. Han tomado una embarcación. Amarrados al borde del muelle había varios pontones y esquifes pequeños.

Hicimos que Toby los recorriera de uno en uno pero, por mucho que olfateó, no dio ninguna señal.

Cerca del tosco embarcadero había una casita de ladrillo con un letrero de madera colgado de la ventana del primer piso. En él se leía, pintado en letras grandes, «Mordecai Smith», y debajo «Se alquilan embarcaciones por horas y por días». Un segundo letrero, encima de la puerta, nos informó de que disponían de una lancha de vapor, información que quedaba confirmada por un gran montón de carbón que había en el muelle. Sherlock Holmes miró lentamente a nuestro alrededor y su rostro adoptó una expresión ominosa.

—Esto no me gusta —dijo—. Estos fulanos son más listos de lo que yo esperaba. Parece que han borrado su rastro. Me temo que lo tenían todo planeado de antemano.

Se estaba acercando a la puerta de la casa cuando ésta se abrió y un chiquillo de unos seis años, con el pelo rizado, salió corriendo de la casa, seguido por una mujer corpulenta y coloradota, que llevaba en la mano una esponja grande.

—¡Vuelve aquí y deja que te lave, Jack! —gritó la mujer—. ¡Vuelve, diablillo! Como venga tu padre y te vea así, nos vamos a enterar.

—¡Qué encanto de niño! —exclamó Holmes, estratégicamente—. ¡Qué mejillas tan sonrosadas tiene el granuja! A ver, Jack, ¿quieres alguna cosa?

El niño se lo pensó un momento.

—Me gustaría un chelín —dijo.

—¿No hay algo que te guste más?

—Me gustarían más dos chelines —respondió aquel prodigio, tras pensarlo un poco.

—Pues ahí los tienes. ¡Cógelos! Un niño muy guapo, señora Smith.

—Dios le bendiga, señor. Es guapo, pero muy revoltoso. Yo casi no puedo controlarlo, sobre todo cuando mi hombre está fuera varios días seguidos.

—¿Dice que está fuera? —preguntó Holmes en tono contrariado—. Pues es una pena, porque quería hablar con el señor Smith.

—Lleva fuera desde ayer por la mañana, señor, y la verdad, empiezo a estar preocupada por él. Pero si se trata de alquilar un bote, señor, tal vez yo pueda atenderles.

—Quería alquilar la lancha de vapor.

—Vaya por Dios. Precisamente se marchó en la de vapor. Eso es lo que me extraña, porque sé que con el carbón que llevaba sólo tenía para ir hasta Woolwich y volver. Si se hubiera llevado la gabarra, no me extrañaría: más de una vez ha tenido que ir hasta Gravesend, y si tenía mucho trabajo se quedaba allí a dormir. Pero ¿de qué le sirve una lancha de vapor sin carbón?

—Puede haber comprado más en otro muelle, río abajo.

—Podría hacerlo, pero no es su estilo. Le he oído protestar muchas veces de los precios que cobran por unos pocos sacos. Además, no me gusta ese hombre de la pata de palo, con esa cara tan fea y ese acento extranjero.

—¿Un hombre con pata de palo? —preguntó Holmes, apenas sorprendido.

—Sí, señor, un tío moreno, con cara de mono, que ha venido más de una vez a ver a mi hombre. La noche anterior lo sacó de la cama; y lo que es más, mi hombre sabía que iba a venir, porque le había dado presión a la lancha de vapor. Se lo digo francamente, señor, no me hace ninguna gracia este asunto.

—Pero, querida señora Smith —dijo Holmes, encogiéndose de hombros—, se está usted preocupando por nada. ¿Cómo sabe que fue el hombre de la pata de palo el que vino la otra noche? No entiendo cómo puede estar tan segura.

—Por la voz, señor. Conozco su voz, que es como ronca y desagradable. Llamó a la ventana, a eso de las tres, y dijo: «Levanta, compañero. Es la hora del cambio de guardia.» Mi hombre despertó a Jim, que es mi hijo mayor, y allá se fueron, sin decirme ni palabra. Y oí el ruido de su pata de palo al andar por el empedrado.

—¿Y venía solo ese hombre de la pata de palo?

—Eso no podría decírselo, la verdad. No oí a nadie más.

—Pues lo lamento, señora Smith, porque necesito una lancha de vapor y me habían dado buenos informes del..., vamos a ver, ¿cómo se llamaba?

—El Aurora, señor.

—¡Ajá! ¿No será una vieja lancha verde, con una raya amarilla, muy ancha de manga?

—Nada de eso. Es la lancha más bonita y marinera de todo el río. Y está recién pintada de negro con dos rayas rojas.

—Gracias. Espero que pronto tenga noticias del señor Smith. Yo voy río abajo, y si le echo el ojo al Aurora, le haré saber que está usted preocupada. ¿Ha dicho que la chimenea es negra?

—No, señor: negra con una franja blanca.

—Ah, sí, claro. Eran los costados los que eran negros. Buenos días, señora Smith. Mire, Watson, allí hay un barquero con una chalana. La tomaremos para cruzar el río.

Mientras nos sentábamos en el banco de la chalana, Holmes me explicó:

—Con esta clase de gente, lo más importante es no darles nunca a entender que la información que te dan tiene la menor importancia para ti. Si piensan que te interesa, se cierran al instante como una ostra. En cambio, si haces como que los escuchas porque no te queda otro remedio, lo más probable es que te digan todo lo que quieres saber.

—Ahora, nuestra línea de acción parece bastante clara.

—¿Ah, sí? ¿Qué es lo que haría usted?

—Alquilar una lancha y bajar por el río siguiendo el rastro del Aurora.

—Querido amigo, ésa sería una tarea colosal. Puede haber atracado en cualquiera de los muelles de una u otra orilla, de aquí a Greenwich. Más allá del puente hay todo un laberinto de embarcaderos, de muchas millas. Nos llevaría días y días recorrerlos todos si lo hacemos solos.

—Pues recurra a la policía.

—No. Aunque es probable que en el último momento llame a Athelney Jones. No es mala persona y no me gustaría hacer algo que le perjudicara profesionalmente. Pero ahora que hemos llegado tan lejos, me apetece resolver el caso yo mismo.

—¿Y si ponemos un anuncio pidiendo información a los encargados de los muelles?

—Mucho peor. Nuestros hombres sabrían que les pisamos los talones y huirían del país. Tal como están las cosas, ya es bastante probable que se marchen, pero mientras crean que están a salvo, no tendrán prisa. En este sentido, nos va a venir bien la energía de Jones, porque seguro que su versión del caso aparece en los diarios, y los fugitivos creerán que todo el mundo sigue una pista falsa.

—Pues entonces, ¿qué hacemos? —pregunté mientras desembarcábamos cerca del penal de Millbank.

—Tomar ese cabriolé, hacer que nos lleve a casa, desayunar y dormir una horita. Tal como marcha el juego, es posible que tengamos que pasar otra noche en pie. Cochero, pare en una oficina de telégrafos. Nos quedaremos con Toby, porque aún puede sernos útil.

Nos detuvimos en la oficina de Correos de Great Peter Street para que Holmes enviara un telegrama.

—¿A quién cree que he telegrafiado? —me preguntó cuando reemprendimos la marcha.

—No tengo ni idea.

—¿Se acuerda de la sección policial de Baker Street, a la que recurrí en el caso de Jefferson Hope?

—Sí, ¿y qué? —respondí, echándome a reír.

—Ésta es la clase de situación en la que pueden resultar utilísimos. Si fracasan, tengo otros recursos; pero primero probaré con ellos. El telegrama iba dirigido a mi pequeño y mugriento teniente Wiggins, y espero que venga a vernos con toda su pandilla antes de que acabemos de desayunar. Eran ya entre las ocho y las nueve, y yo empezaba a notar una fuerte reacción a la serie de emociones de la noche. Estaba agotado y renqueante, con la mente confusa y el cuerpo fatigado. Ni poseía el entusiasmo profesional que hacía aguantar a mi compañero, ni era capaz de considerar el asunto como un mero problema intelectual abstracto. En cuanto a la muerte de Bartholomew Sholto, pocas cosas buenas había oído de él y no sentía demasiada antipatía por sus asesinos. En cambio, lo del tesoro era ya otra cosa. Por lo menos parte del mismo le pertenecía con todo derecho a la señorita Morstan. Mientras existiera una posibilidad de recuperarlo, yo estaba dispuesto a dedicar mi vida a tal objetivo. Aunque lo cierto era que si lo encontraba, lo más probable sería que ella quedara fuera de mi alcance para siempre. Aun así, muy ruin y egoísta tendría que ser un amor que se dejara influir por una idea semejante. Si Holmes era capaz de esforzarse por encontrar a los asesinos, yo tenía diez veces más razones para esforzarme por encontrar el tesoro.

Un baño y un cambio completo de ropas en Baker Street me reanimaron de manera maravillosa. Cuando bajé a nuestro cuarto de estar, encontré el desayuno preparado y a Holmes sirviendo el café.

—Ahí viene todo —dijo, echándose a reír y señalando un periódico abierto—. Entre el infatigable Jones y el ubicuo periodista lo han resuelto todo. Pero debe usted estar harto del caso. Primero cómase los huevos con jamón.

Tomé el periódico y leí la breve noticia, que habían titulado «Misterioso suceso en Upper Norwood»:

«Hacia las doce de la noche pasada, el señor Bartholomew Sholto, residente en el Pabellón Pondicherry, Upper Norwood, fue encontrado muerto en su habitación, en circunstancias muy sospechosas. Hasta donde hemos podido saber, en el cuerpo del señor Sholto no se encontraron señales de violencia, pero le había sido robada una valiosa colección de joyas indias que el difunto había heredado de su padre. El cadáver lo descubrieron el señor Sherlock Holmes y el doctor Watson, que habían acudido a la casa en compañía de Thaddeus Sholto, hermano del fallecido. Por una afortunada casualidad, el inspector Athelney Jones, conocido miembro del cuerpo de policía, se encontraba en la comisaría de Norwood y pudo llegar al lugar de los hechos menos de media hora después de darse la primera voz de alarma. Inmediatamente, sus grandes dotes de policía experimentado se concentraron en la tarea de identificar a los criminales, con el satisfactorio resultado de la detención del hermano, Thaddeus Sholto, del ama de llaves, señora Bernstone, del mayordomo indio Lal Rao y de un portero o vigilante llamado McMurdo. La policía está segura de que el ladrón o ladrones conocían la casa, ya que los probados conocimientos técnicos del señor Jones y sus dotes de minuciosa observación le han permitido demostrar de manera concluyente que los malhechores no pudieron entrar por la puerta ni por la ventana, sino que tuvieron que llegar por el tejado de la casa, penetrando por una trampilla en una habitación que comunica con el cuarto donde se encontró el cadáver. Esto ha quedado claramente establecido y demuestra sin lugar a dudas que no se trata de un vulgar robo cometido al azar. La rápida y enérgica acción de los agentes de la ley demuestra lo que vale en tales ocasiones la presencia de una inteligencia poderosa y dominante. No podemos dejar de pensar que esto refuerza la postura de los que abogan por una mayor descentralización de nuestros inspectores de policía, que así podrían tener un contacto más directo y eficaz con los casos que les corresponde investigar.»

—¿A que es magnífico? —dijo Holmes, sonriendo por encima de su taza de café—. ¿Qué le parece?

—Pues me parece que nos hemos librado por los pelos de que nos detuvieran también a nosotros por este crimen.

—Lo mismo creo yo. Incluso ahora, no respondo de nuestra seguridad si le da por tener otro de sus ataques de energía.

En aquel momento, el timbre de la puerta sonó con fuerza y pude oír que la señora Hudson, nuestra casera, levantaba la voz en un gemido de protesta y desaliento.

—Cielos, Holmes —dije, comenzando a incorporarme—. Parece que de verdad vienen a por nosotros.

—No, no es tan grave como eso. Son las fuerzas extraoficiales: los irregulares de Baker Street.

Mientras tanto, se oyó un rápido pataleo de pies descalzos que subían por la escalera, un estruendo de voces chillonas, y en la habitación irrumpió una docena de golfillos de la calle, sucios y desarrapados. A pesar de su tumultuosa entrada, se notaba en ellos una cierta disciplina, pues al instante formaron en fila y se quedaron ante nosotros con el rostro expectante. Uno de ellos, más alto y mayor que los otros, se adelantó con aire de ociosa superioridad que resultaba muy gracioso en un mamarracho tan impresentable.

—Recibí su mensaje, señor —dijo—, y los he traído volando. Tres chelines y seis peniques de los billetes.

—Aquí tienes —dijo Holmes, sacando unas monedas—. En el futuro, Wiggins, que ellos te informen a ti, y tú a mí. No puedo dejar que invadáis la casa de este modo. No obstante, conviene que todos escuchéis las instrucciones. Quiero averiguar el paradero de una lancha de vapor llamada Aurora, perteneciente a Mordecai Smith, con dos rayas rojas y chimenea negra con una franja blanca. Tiene que estar en alguna parte del río. Quiero que uno de vosotros se quede en el embarcadero de Mordecai Smith, enfrente de Millbank, por si la lancha regresa. Tendréis que repartiros la tarea e inspeccionar a fondo las dos orillas. Avisadme en cuanto sepáis algo. ¿Está todo claro?

—Sí, jefe —dijo Wiggins.

—Pago la tarifa de siempre, más una guinea para el chico que encuentre la lancha. Aquí tenéis un día por adelantado. Y ahora, fuera de aquí.

Les entregó un chelín a cada uno y salieron zumbando escaleras abajo. Un momento después los vi bajando a la carrera por la calle.

—Si la lancha está a flote, ellos la encontrarán —dijo Holmes, levantándose de la mesa y encendiendo su pipa—. Pueden meterse en todas partes, verlo todo, escuchar cualquier conversación. Confío en que la encuentren antes de esta noche. Mientras tanto, lo único que podemos hacer es esperar los resultados. No podemos retomar la pista perdida hasta que sepamos dónde están el Aurora o Mordecai Smith.

—Supongo que Toby puede comerse estas sobras. ¿Va usted a acostarse, Holmes?

—No; no estoy cansado. Tengo un organismo muy curioso. No recuerdo que el trabajo me haya cansado nunca; en cambio, no hacer nada me deja completamente agotado. Voy a fumar mientras repaso este extraño asunto en el que nos ha metido mi bella cliente. Si ha habido alguna vez una búsqueda fácil, debería ser ésta que nos ocupa. Los hombres con pata de palo no abundan demasiado, pero el otro individuo me atrevo a decir que es absolutamente único.

—¡Otra vez ese otro hombre!

—Mire, no quiero que parezca que hago de esto un misterio, pero usted ya tiene que haberse formado una opinión. Vamos a ver, considere los datos: pisadas diminutas, pies descalzos, que nunca han estado oprimidos por zapatos, maza de madera con cabeza de piedra, muy ágil, dardos envenenados... ¿Qué saca usted de todo esto?

—¡Un salvaje! —exclamé—. ¡Tal vez uno de esos individuos que estaban asociados con Jonathan Small.

—Nada de eso —dijo Holmes—. Al principio, cuando vi señales de armas exóticas, yo también me incliné a pensar eso; pero el carácter extraordinario de las pisadas me hizo reconsiderar mis teorías. Algunos habitantes de la Península India son pequeños, pero ninguno podría haber dejado huellas como aquéllas. Los hindúes propiamente dichos tienen los pies largos y delgados. Los mahometanos, que usan sandalias, tienen el pulgar bastante separado de los otros dedos, porque la correa de la sandalia suele pasar entre medias. Además, esos pequeños dardos sólo se pueden disparar de una manera: con una cerbatana. Pues bien: ¿dónde debemos buscar a nuestro salvaje?

—¿En Sudamérica? —aventuré.

Holmes estiró el brazo y sacó un grueso volumen de un estante.

—Éste es el primer volumen de una Geografía que se está publicando por tomos. Podemos considerarla como la referencia más al día. ¿Qué tenemos aquí? «Islas Andaman, situadas 340 millas al norte de Sumatra, en el golfo de Bengala». Mmm... Mmm... ¿Qué es todo esto? Clima húmedo, arrecifes de coral, tiburones, Puerto Blair, colonias penitenciarias, isla de Rudand, plantaciones de algodón... ¡Ah, aquí está! «Los aborígenes de las islas Andaman podrían optar al título de la raza más pequeña de la Tierra, aunque algunos antropólogos votarían por los bosquimanos de África, los indios paiutes de América o los nativos de la Tierra del Fuego. La estatura media es inferior al metro y medio, y existen numerosos adultos que miden mucho menos. Son feroces, malhumorados e intratables, aunque capaces de entablar una amistad a toda prueba si uno se gana su confianza.» Fíjese en esto, Watson. Y escuche lo que viene a continuación: «Tienen un aspecto horrible, con cabezas grandes y deformes, ojos pequeños y feroces y facciones distorsionadas. Sin embargo, los pies y las manos son muy pequeños. Son tan hostiles y feroces que han fracasado todos los esfuerzos de los funcionarios británicos por establecer relaciones con ellos. Siempre han sido el terror de las tripulaciones de barcos naufragados, porque aplastan el cráneo de los supervivientes con sus mazas de piedra o los acribillan con dardos envenenados. Estas matanzas concluyen invariablemente con un banquete caníbal.» ¡Un pueblo encantador y de lo más simpático, Watson! Si a este sujeto se le hubiera dejado actuar a su aire, el asunto habría tomado un cariz mucho más sangriento. Aun así, tal como se han desarrollado las cosas, me figuro que Jonathan Small estará lamentando haber recurrido a él.

—Pero ¿cómo ha llegado a tener un compañero tan raro?

—¡Ah!, eso es más de lo que yo puedo decir. Sin embargo, puesto que ya hemos dejado establecido que Small viene de las Andaman, tampoco es tan descabellado que le acompañe este isleño. Sin duda, con el tiempo lo averiguaremos todo. Oiga, Watson, parece usted hecho polvo. Túmbese aquí, en el sofá, y voy a ver si consigo dormirle.

Sacó el violín de un rincón y, mientras yo me tumbaba, empezó a tocar una melodía suave y soñadora... de su propia cosecha, sin duda, porque poseía un notable talento para la improvisación. Recuerdo vagamente sus miembros enjutos, su rostro concentrado y el subir y bajar del arco. Luego me pareció que flotaba apaciblemente sobre un suave mar de sonido, hasta que me encontré en el país de los sueños, con el dulce rostro de Mary Morstan mirándome desde lo alto.

Capítulo IX

Se rompe la cadena

Estaba ya bastante avanzada la tarde cuando me desperté, fortalecido y reanimado. Sherlock Holmes seguía sentado exactamente igual que la última vez que lo vi, salvo que había dejado a un lado el violín y ahora se hallaba absorto en un libro. Me miró de refilón cuando empecé a moverme y noté que tenía una expresión sombría y preocupada.

—Ha dormido como un tronco —dijo—. Temí que nuestra conversación le despertara.

—No he oído nada —respondí—. ¿Así que ha tenido nuevas noticias? —Por desgracia, no. Confieso que estoy sorprendido y decepcionado.

Esperaba tener algo concreto a estas horas. Wiggins acaba de pasar a informar. Dice que no han encontrado ni rastro de la lancha. Es un parón irritante, porque cada hora cuenta.

—¿Puedo hacer algo? Estoy perfectamente recuperado y listo para otra salida nocturna.

—No, no podemos hacer nada. Únicamente esperar. Si salimos, el mensaje puede llegar durante nuestra ausencia y se produciría un retraso. Usted haga lo que quiera, pero yo tengo que quedarme de guardia.

—En tal caso, me pasaré por Camberwell y le haré una visita a la señora de Cecil Forrester. Me lo pidió ayer.

—¿A la señora de Cecil Forrester? —preguntó Holmes con una chispa de sonrisa en la mirada.

—Bueno, claro, y también a la señorita Morstan. Estaban ansiosas por enterarse de lo ocurrido.

—Yo no les contaría demasiado —dijo Holmes—. Nunca hay que fiarse del todo de las mujeres..., ni siquiera de las mejores.

No me entretuve en discutir tan despreciable opinión.

—Volveré dentro de una o dos horas —fue lo único que dije.

—Muy bien. Buena suerte. Pero, oiga: si va a cruzar el río, podría aprovechar para devolver a Toby, porque ya no creo que lo necesitemos para nada.

De manera que me llevé a nuestro chucho y lo dejé, junto con medio soberano, en casa del viejo naturalista de Pinchin Lane. En Camberwell encontré a la señorita Morstan un poco fatigada tras sus aventuras nocturnas, pero ansiosa por escuchar las noticias. También la señora Forrester se moría de curiosidad. Les conté todo lo que habíamos hecho, omitiendo, no obstante, las partes más siniestras de la tragedia. Por ejemplo, aunque les hablé de la muerte del señor Sholto, no les dije nada del método exacto empleado. Sin embargo, aun con todas mis omisiones, había material suficiente para asombrarlas y sobresaltarlas.

—¡Es como una novela! —exclamó la señora Forrester—. Una dama agraviada, un tesoro de medio millón, un caníbal negro y un rufián con pata de palo. Vienen a sustituir al dragón y al malvado conde tradicionales.

—Y dos caballeros andantes al rescate —añadió la señorita Morstan, dirigiéndome una mirada encendida. —Caramba, Mary, del resultado de esta búsqueda depende tu fortuna. Me parece que no estás lo bastante emocionada. Imagínate lo que debe ser hacerte rica y tener el mundo a tus pies.

Sentí un ligero estremecimiento de alegría al observar que aquella perspectiva no provocaba en ella ninguna muestra de entusiasmo. Por el contrario, levantó su orgullosa cabeza como si aquel asunto no le interesara lo más mínimo.

—Lo que sí me preocupa es el señor Thaddeus Sholto —dijo—. Todo lo demás carece de importancia. Pero creo que él se ha portado en todo momento como un hombre absolutamente decente y honrado, y nuestro deber es librarlo de esa terrible e infundada acusación.

Estaba ya anocheciendo cuando me marché de Camberwell y cuando llegué a casa era completamente de noche. El libro y la pipa de mi compañero estaban junto a su sillón, pero él se había esfumado. Eché un vistazo con la esperanza de encontrar una nota, pero no había ninguna.

—¿Ha salido el señor Holmes? —le pregunté a la señora Hudson cuando entró para bajar las persianas.

—No, señor. Está en su habitación. ¿Sabe usted, señor? —dijo, bajando la voz hasta convertirla en un impresionante susurro—. Temo por su salud.

—¿Por qué dice eso, señora Hudson?

—¡Es que es tan raro! Cuando se marchó usted, se puso a andar de un lado a otro, arriba y abajo, arriba y abajo, hasta que llegué a hartarme de oír sus pasos. Luego le oí hablar y cuchichear solo, y cada vez que sonaba el timbre salía a la escalera a preguntar: «¿Quién es, señora Hudson?» Y ahora se ha metido en su cuarto, dando un portazo, pero le oigo pasear lo mismo que antes. Ojalá no se ponga enfermo, señor. Me atreví a decirle algo sobre tomar un calmante y me miró con una mirada que no sé ni cómo pude salir de la habitación.

—No creo que haya motivos para preocuparse, señora Hudson —respondí——. Ya lo he visto así otras veces. Tiene algún asunto en la cabeza que no le deja tranquilo.

Procuré hablar con nuestra estupenda casera en tono despreocupado, pero yo mismo empecé a preocuparme, porque durante toda la larga noche seguí oyendo de vez en cuando el sonido apagado de sus pasos, y comprendí que su espíritu inquieto se rebelaba con todas sus fuerzas contra aquella inactividad involuntaria.

A la hora del desayuno lo encontré fatigado y ojeroso, con un toque de color febril en las mejillas.

—Se está usted destrozando, amigo mío —comenté—. Le he oído desfilar toda la noche.

—Es que no podía dormir —respondió—. Este problema infernal me está consumiendo. ¡Mira que quedarnos atascados en un obstáculo tan insignificante, después de haber superado todo lo demás! Conozco a los hombres, la lancha, todo..., y sin embargo, no me llegan noticias. He puesto en acción a otros agentes y he empleado todos los medios a mi disposición. Se ha buscado en todo el río por las dos orillas y no hay novedades, y tampoco la señora Smith ha sabido nada de su marido. De seguir así, habrá que llegar a la conclusión de que han echado a pique la lancha. Pero existen objeciones a esta hipótesis.

—Puede que la señora Smith nos haya mandado tras una pista falsa.

—No, creo que eso podemos descartarlo. He hecho averiguaciones y existe una lancha que responde a la descripción.

—¿Y no podría haber ido río arriba?

—También he considerado esa posibilidad, y tengo un grupo encargado de buscar hasta Richmond. Si hoy no llegan noticias, mañana me pondré en acción personalmente, y buscaré a los hombres en vez de buscar la lancha. Pero seguro, seguro, que hoy sabremos algo.

Sin embargo, no fue así. No nos llegó ni una palabra, ni de parte de Wiggins ni de los demás agentes. En casi todos los periódicos se publicaron artículos acerca de la tragedia de Norwood, y todos se mostraban bastante hostiles respecto al desdichado Thaddeus Sholto. Pero en ninguno de ellos se aportaban nuevos detalles, excepto que al día siguiente tendría lugar la investigación judicial. Por la tarde me acerqué paseando hasta Camberwell para informar a las señoras de nuestra falta de éxito, y a mi regreso encontré a Holmes abatido y de bastante mal humor. Apenas se dignó responder a mis preguntas y estuvo toda la noche ocupado en un abstruso análisis químico que incluía mucho calentamiento de retortas y destilación de vapores, culminando en un olor tan desagradable que casi me expulsó del apartamento. Hasta las primeras horas de la madrugada estuve oyendo el tintineo de sus tubos de ensayo, que me indicaba que continuaba enfrascado en su maloliente experimento.

Empezaba a amanecer cuando me desperté sobresaltado y me sorprendió verlo de pie junto a mi cama, vestido con toscas ropas de marinero, con chaquetón y una áspera bufanda roja al cuello.

—Me voy río abajo, Watson —dijo—. He estado dándole vueltas al asunto y no veo más que una salida. En cualquier caso, vale la pena intentarlo.

—Podré ir con usted, ¿verdad? —pregunté.

—No; será usted mucho más útil si se queda aquí en representación mía. No me hace gracia marcharme, porque es muy posible que llegue algún mensaje durante el día, aunque anoche Wiggins se mostró bastante pesimista. Quiero que abra usted todas las notas y telegramas que lleguen, y actúe según su propio criterio si llega alguna noticia. ¿Puedo contar con usted?

—Naturalmente que sí.

—Me temo que no podrá telegrafiarme, porque no puedo decirle dónde voy a estar. Pero si tengo suerte, no estaré fuera mucho tiempo. Y cuando regrese, tendré noticias de una u otra clase.

A la hora del desayuno, aún no había sabido nada de él. Pero al abrir el Standard encontré publicada una nueva alusión al caso:

«Con respecto a la tragedia de Upper Norwood, tenemos motivos para creer que el asunto promete ser aun más complicado y misterioso de lo que se suponía en principio. Nuevas averiguaciones han demostrado que es completamente imposible que el señor Thaddeus Sholto estuviera implicado en modo alguno. Tanto él como el ama de llaves, la señora Bernstone, fueron puestos en libertad ayer por la tarde. No obstante, se cree que la policía dispone de una pista acerca de los verdaderos culpables, que está siendo seguida por el inspector Athelney Jones, de Scotland Yard, con toda la energía y sagacidad que le han hecho famoso. Se esperan nuevas detenciones en cualquier momento.»

«Hasta cierto punto, esto marcha bien —pensé—. Por lo menos, el amigo Sholto está a salvo. Me pregunto cuál será esa nueva pista, aunque más parece una fórmula estereotipada para decir que la policía ha metido la pata.» Dejé el periódico sobre la mesa, pero en aquel momento mis ojos se fijaron en un anuncio de la sección de personales. Decía así:

«DESAPARECIDO.— Mordecai Smith, barquero, y su hijo Jim zarparon del embarcadero de Smith a eso de las tres de la madrugada del martes pasado, en la lancha de vapor Aurora, negra con dos franjas rojas, chimenea negra con franja blanca. Se pagará la suma de cinco libras a quien pueda dar información sobre el paradero del mencionado Mordecai Smith y de la lancha Aurora a la señora Smith, en el embarcadero, o en el 22111 de Baker Street.»

Aquello era, sin duda, obra de Holmes. La dirección de Baker Street bastaba para demostrarlo. Me pareció bastante ingenioso, porque los fugitivos podían leerlo sin ver en ello más que la angustia natural de una esposa por la desaparición de su marido.

El día se me hizo larguísimo. Cada vez que llamaban a la puerta o se oían pasos rápidos por la calle, me imaginaba que era Holmes que volvía o alguien que venía en respuesta a su anuncio. Intenté leer algo, pero mis pensamientos se desviaban constantemente hacia nuestra extraña búsqueda y la pintoresca y maligna pareja a la que perseguíamos. ¿Era posible, me preguntaba, que existiera un fallo de raíz en el razonamiento de mi compañero? ¿No podría haber cometido un error monumental? ¿Cabía la posibilidad de que su mente ágil y especulativa hubiera elaborado toda aquella descabellada teoría sobre una base equivocada? Que yo supiera, nunca se había equivocado, pero hasta el razonador más agudo puede engañarse de vez en cuando. Pensé que era probable que hubiera caído en el error a causa del excesivo refinamiento de su lógica, de su preferencia por las explicaciones sutiles y extravagantes cuando tenía a mano otras más vulgares y sencillas. Pero por otra parte, yo mismo había visto las pruebas y había escuchado las razones de sus deducciones. Si repasaba la larga cadena de curiosas circunstancias —muchas de ellas triviales en sí mismas, pero todas apuntando en la misma dirección—, no podía dejar de pensar que, aun en el caso de que la explicación de Holmes resultara errónea, la verdadera tenía que ser igualmente extravagante y sorprendente.

A las tres en punto de la tarde oí un fuerte timbrazo en la puerta y una voz autoritaria en el vestíbulo y, con gran sorpresa por mi parte, se presentó en nuestro cuarto nada menos que el señor Athelney Jones. Sin embargo, se le veía muy diferente del brusco y dominante profesor de sentido común que con tanta confianza se había hecho cargo del caso de Upper Norwood. Traía una expresión abatida y sus modales eran suaves, casi como si se disculpara.

—Buenos días, señor, buenos días —dijo—. Tengo entendido que el señor Holmes ha salido.

—Sí, y no sé a ciencia cierta cuándo regresará. Pero si quiere esperarle, puede sentarse en esa butaca y fumar uno de estos cigarros.

—Gracias, no tengo inconveniente —dijo, secándose el sudor de la cara con un pañuelo rojo estampado.

—¿Y un whisky con soda?

—Bueno, medio vaso. Hace mucho calor para esta época del año y he tenido bastantes problemas y dificultades. ¿Conoce usted mi teoría acerca del caso de Norwood?

—Recuerdo sólo que expuso una.

—Bueno, me he visto obligado a reconsiderarla. Tenía ya al señor Sholto bien atrapado en mis redes cuando, zas, se me cuela por un agujero. Consiguió presentar una coartada imposible de echar abajo. Desde el instante en que salió de la habitación de su hermano, estuvo en todo momento a la vista de una u otra persona, así que no pudo ser él quien trepó por los tejados y se metió por las trampillas. Es un caso muy complicado y me juego en él mi prestigio profesional. Me vendría muy bien una pequeña ayuda.

—Todos necesitamos ayuda de vez en cuando —dije yo.

—Su amigo, el señor Sherlock Holmes, es un hombre maravilloso —dijo en tono ronco y confidencial—. No hay quien pueda con él. He visto a ese jovencito meter la nariz en un buen montón de casos, y aún no ha habido un caso en el que no haya podido arrojar algo de luz. Sus métodos son irregulares, y tal vez se precipita un poco al inventar teorías, pero, en conjunto, creo que habría sido un policía muy prometedor, y no me importa decirlo. Esta mañana he recibido un telegrama suyo, dando a entender que dispone de alguna pista en el caso Sholto. Aquí está su mensaje.

Sacó el telegrama del bolsillo y me lo entregó. Se había enviado desde Poplar, a las doce. «Vaya inmediatamente a Baker Street —decía—. Si aún no he regresado, espéreme. Sigo de cerca la pista de la banda del caso Sholto. Si quiere intervenir en el final, puede acompañarnos esta noche.»

—Esto suena bien. Está claro que ha vuelto a encontrar el rastro —dije.

—¡Ah!, entonces es que también él había fallado —exclamó Jones, con evidente satisfacción—. Hasta los mejores nos despistamos alguna que otra vez. Claro que esto podría ser una falsa alarma, pero mi deber como agente de la ley es no pasar por alto ninguna posibilidad. ¡Ah!, hay alguien en la puerta. Tal vez sea él.

Se oyeron unos pasos inseguros que subían por la escalera, acompañados de fuertes resoplidos y jadeos, como de un hombre que tiene grandes dificultades para respirar. Se detuvo un par de veces, como si el ascenso fuera demasiado fatigoso para él, pero al fin consiguió llegar a nuestra puerta y entrar. Su aspecto cuadraba bien con los sonidos que habíamos oído. Era un hombre de edad avanzada, vestido de marinero, con un viejo chaquetón abotonado hasta el cuello. Tenía la espalda doblada, le temblaban las rodillas y su respiración era dolorosamente asmática. Se apoyaba en un grueso bastón de roble y sus hombros se alzaban con esfuerzo para aspirar aire hacia los pulmones. Llevaba una bufanda de colores tapándole la barbilla y pude ver poco de su cara, aparte de un par de ojos oscuros y penetrantes, enmarcados por unas cejas blancas y pobladas y un par de largas patillas grises. En conjunto, me dio la impresión de un respetable patrón de barco cargado de años y empobrecido.

—¿Qué desea, buen hombre? —pregunté.

El hombre miró a su alrededor al estilo lento y metódico de los ancianos.

—¿Está aquí el señor Sherlock Holmes? —preguntó.

—No, pero yo actúo en su nombre. Puede darme cualquier mensaje que traiga para él.

—Tenía que decírselo a él en persona.

—Pero ya le digo que actúo en su nombre. ¿Es algo referente a la lancha de Mordecai Smith?

—Sí. Yo sé muy bien dónde está. Y sé dónde están los hombres que busca.

Y sé dónde está el tesoro. Lo sé todo.

—Pues dígamelo y yo se lo haré saber.

—Tenía que decírselo a él —insistió, con la obstinación petulante de un hombre muy viejo.

—Pues tendrá que esperar a que venga.

—Ni hablar. No voy a perder todo un día para dar gusto a nadie. Si el señor Holmes no está, el señor Holmes tendrá que averiguarlo todo por su cuenta. No me gusta el aspecto de ninguno de ustedes dos y no pienso decir ni una palabra.

Arrastró los pies hacia la puerta, pero Athelney Jones se le puso delante.

—Un momento, amigo —dijo—. Usted posee información importante y no debe marcharse. Le guste o no, vamos a retenerlo aquí hasta que regrese nuestro amigo.

El anciano intentó una carrerita hacia la puerta, pero al ver que Athelney Jones apoyaba en ella su ancha espalda se convenció de la inutilidad de su resistencia.

—¡Bonita manera de tratarle a uno! —exclamó, golpeando el suelo con su bastón—. Vengo aquí a ver a un caballero y dos tipos a los que no he visto en mi vida me sujetan y me tratan de esta manera.

—No perderá nada con esto —dije—. Le recompensaremos por el tiempo perdido. Siéntese ahí, en el sofá, y no tendrá que esperar mucho.

El hombre cruzó la habitación de muy mal humor y se sentó con la cara apoyada en las manos. Jones y yo seguimos fumando y reanudamos nuestra charla. Pero de pronto, sonó sobre nuestras cabezas la voz de Holmes.

—Ya podrían ustedes ofrecerme también a mí un cigarro —dijo.

Los dos dimos un salto en nuestros asientos. Allí estaba Holmes, sentado junto a nosotros, con expresión de tranquilo regocijo.

—¡Holmes! —exclamé—. ¡Usted aquí! Pero... ¿dónde está el anciano?

—Aquí está el anciano —dijo Holmes, extendiendo un montón de pelo blanco—. Aquí lo tiene. Peluca, patillas, cejas y todo lo demás. Estaba convencido de que mi disfraz era bastante bueno, pero no esperaba que llegara a superar esta prueba.

—¡Qué bribón! —exclamó Jones, absolutamente encantado—. Habría podido ser actor, y de los buenos. Tenía la tos exacta de un viejo del asilo, y esas piernas temblorosas valen diez libras a la semana. Aun así, me pareció reconocer el brillo de sus ojos. Ya ve que no es tan fácil burlarnos.

—Llevo todo el día actuando con este disfraz —dijo Holmes, mientras encendía un cigarro—. Resulta que ya empieza a conocerme un buen número de miembros de la clase criminal, sobre todo desde que a nuestro amigo, aquí presente, le dio por publicar algunos de mis casos. Así que ya sólo puedo recorrer el sendero de guerra bajo algún disfraz sencillo, como éste. ¿Recibió usted mi telegrama?

—Sí, por eso he venido.

—¿Qué tal va progresando su caso?

—Todo se ha quedado en nada. He tenido que soltar a dos de mis detenidos y no hay pruebas contra los otros dos.

—No se preocupe. Le proporcionaremos otros dos a cambio de ésos. Pero tiene usted que ponerse a mis órdenes. Puede usted quedarse con todo el crédito oficial, pero tiene que actuar tal como yo le indique. ¿Está de acuerdo?

—Por completo, si me ayuda a cazar a esos hombres.

—Muy bien. En primer lugar, necesitaré una lancha rápida de la policía, una lancha de vapor, que debe estar en el embarcadero de Westminster a las siete en punto.

—Eso se arregla fácilmente. Siempre hay una por allí. Pero para estar seguro puedo cruzar la calle y telefonear.

—También necesitaré dos hombres fuertes y valientes, por si ofrecen resistencia.

—Habrá dos o tres en la lancha. ¿Qué más?

—Cuando atrapemos a los hombres, nos haremos con el tesoro. Creo que para este amigo mío sería un placer llevarle personalmente la caja a la joven a quien pertenece por derecho la mitad. Que sea ella la primera en abrirla. ¿Eh, Watson?

—Sería un gran placer para mí.

—Es un procedimiento bastante irregular —dijo Jones, meneando la cabeza—. Sin embargo, el asunto entero es irregular, y supongo que tendremos que hacer la vista gorda. Pero luego habrá que entregar el tesoro a las autoridades hasta que concluya la investigación oficial.

—Desde luego. Eso es fácil de arreglar. Una cosa más: me gustaría que el propio Jonathan Small me explicara algunos detalles del caso. Ya sabe usted que me gusta dejar resueltos mis casos hasta el último detalle. ¿Hay alguna objeción a que mantenga una entrevista extraoficial con él, aquí en mis habitaciones o en cualquier otro lugar, teniéndolo en todo momento convenientemente vigilado?

—Bueno, usted controla la situación. Aún no tengo ninguna prueba de la existencia de ese Jonathan Small, pero si es usted capaz de atraparlo, no veo por qué iba a negarme a que hable con él.

—¿De acuerdo, pues?

—Por completo. ¿Hay algo más?

—Sólo que insisto en que cene usted con nosotros. La cena estará lista en media hora. Tengo ostras y gallo de bosque, con una buena selección de vinos blancos. Watson, usted todavía no ha apreciado mis habilidades de ama de casa.

Capítulo X

Fin del isleño

Fue una comida muy entretenida. Cuando quería, Holmes podía ser un magnífico conversador, y aquella noche estaba bien dispuesto. Parecía encontrarse en un estado de exaltación nerviosa. Jamás lo he visto tan brillante. Habló sobre una rápida sucesión de temas: autos sacramentales, cerámica medieval, violines Stradivarius, el budismo en Ceylán, los barcos de guerra del futuro..., tratando cada tema como si lo hubiera estudiado a fondo. Su buen humor indicaba que había superado la negra depresión de los días anteriores. Athelney Jones resultó ser un tipo muy sociable en sus horas de relajación y atacó la cena con el aire de un bon vivant. Yo, por mi parte, me sentía excitadísimo al pensar que nos acercábamos al final de nuestra empresa y se me contagió parte de la alegría de Holmes. Ninguno de los tres hizo la menor alusión durante la cena a la causa que nos había reunido.

Una vez retirado el mantel, Holmes consultó su reloj y llenó tres vasos de oporto.

—Levantemos la copa por el éxito de nuestra pequeña expedición —dijo—. Y ahora, ha llegado el momento de ponerse en marcha. ¿Tiene usted pistola, Watson?

—Tengo mi viejo revólver del ejército en el escritorio.

—Será mejor que lo coja. Conviene ir bien preparados. Veo que el coche ya está en la puerta. Encargué que viniera a las seis y media.

Eran poco más de las siete cuando llegamos al embarcadero de Westminster y encontramos la lancha aguardándonos. Holmes la miró con ojo crítico.

—¿Hay algo que la identifique como una lancha de la policía?

—Sí, ese farol verde al costado.

—Pues quítenlo.

Se efectuó el pequeño cambio, saltamos a bordo y soltamos amarras. Jones, Holmes y yo nos sentamos a popa. Había un hombre al timón, otro atendiendo las máquinas y dos corpulentos agentes de policía a proa.

—¿Dónde vamos? —preguntó Jones.

—A la Torre. Dígales que se detengan enfrente del astillero de Jacobinos. Se notaba que nuestra embarcación era muy rápida. Adelantábamos a las largas hileras de gabarras de carga como si estuvieran paradas. Holmes sonrió con satisfacción cuando alcanzamos a un vapor fluvial y lo dejamos atrás.

—Parece que somos capaces de alcanzar cualquier embarcación del río —dijo.

—Bueno, no tanto. Pero no creo que haya muchas que nos ganen. —Tenemos que cazar al Aurora, que tiene fama de rápido. Le voy a explicar cómo andan las cosas, Watson. ¿Recuerda lo mucho que me molestó verme frustrado por un obstáculo tan pequeño?

—Sí.

—Pues bien, le concedí a mi cerebro un descanso completo, enfrascándome en un análisis químico. Uno de nuestros más grandes estadistas ha dicho que el mejor descanso es un cambio de ocupación. Y es verdad. Cuando conseguí disolver el hidrocarburo con el que estaba trabajando, volví al problema de los Sholto y repasé una vez más todo el asunto. Mis muchachos habían mirado río arriba y río abajo sin resultados. La lancha no estaba en ningún muelle o embarcadero, y tampoco había regresado al suyo. Sin embargo, era muy poco probable que la hubieran hundido para borrar sus huellas, aunque siempre cabía esa posibilidad si todo lo demás fallaba. Yo sabía que este Small posee un cierto grado de astucia de poca monta, pero no lo consideraba capaz de demasiadas sutilezas. Eso suele ser consecuencia de una educación superior. Entonces se me ocurrió que si Small llevaba bastante tiempo en Londres, y tenemos evidencia de que mantenía una vigilancia constante sobre el Pabellón Pondicherry, era difícil que pudiera marcharse de buenas a primeras; necesitaría algún tiempo, aunque sólo fuera un día, para dejar arreglados sus asuntos. En cualquier caso, parecía bastante probable.

—Eso me parece un poco flojo —dije—. Es más probable que hubiera arreglado sus asuntos antes de emprender esta expedición.

—No, yo no lo creo así. Ese cubil suyo era un refugio demasiado valioso en caso de necesidad como para abandonarlo antes de estar seguro de que podía prescindir de él. Pero hay una segunda consideración que me hizo pensar. Jonathan Small tenía que ser consciente de que el extraño aspecto de su compañero, por mucho que lo cubriera de ropas, daría que hablar a la gente, e incluso era posible que lo relacionaran con la tragedia de Norwood. Es lo bastante listo como para darse cuenta de eso. Habían salido de su cuartel general al abrigo de la oscuridad, y le interesaba estar de vuelta antes de que se hiciera completamente de día. Ahora bien, según la señora Smith, eran más de las tres de la mañana cuando abordaron la lancha. Una hora más tarde ya habría bastante luz y gente levantada. Por lo tanto, me dije, no debieron ir muy lejos. Le pagaron bien a Smith para que cerrara la boca, reservaron su lancha para la fuga final y se marcharon corriendo a su escondite con la caja del tesoro. Al cabo de un par de noches, habiendo tenido tiempo para ver qué contaban los periódicos y si se sospechaba algo, saldrían en la oscuridad para tomar algún barco en Gravesend o en los Downs, donde sin duda ya habían reservado pasajes para América o las Colonias.

—¿Pero, y la lancha? No podían llevársela a su alojamiento.

—Claro que no. Yo supuse que, a pesar de su invisibilidad, la lancha no debía estar muy lejos. Así que me puse en el lugar de Small y consideré el asunto como lo haría un hombre de su capacidad. Probablemente, pensó que devolver la lancha o dejarla en un embarcadero facilitaría la persecución, en el caso de que la policía le siguiera la pista. ¿Cómo podía ocultar la lancha y aun así tenerla a mano cuando la necesitara? Me pregunté lo que haría yo si estuviera en su pellejo. Sólo se me ocurrió una manera de hacerlo: dejar la lancha en algún astillero donde hagan reparaciones, con el encargo de que hicieran algún arreglo sin importancia. De este modo, la lancha quedaría guardada en alguna nave o cobertizo, perfectamente oculta, y aun así podría disponer de ella avisando con unas horas de anticipación.

—Eso parece bastante sencillo.

—Son estas cosas tan sencillas las que más fácilmente se pasan por alto. En cualquier caso, decidí actuar partiendo de esa idea. Me puse en marcha inmediatamente, disfrazado de inofensivo marino, y pregunté en todos los astilleros río abajo. No saqué nada de los quince primeros, pero en el decimosexto, el de Jacobson, me enteré de que, dos días antes, un hombre con pata de palo había llevado allí el Aurora, para que hicieran algún ligero arreglo en el timón. «Al timón no le pasa nada», me dijo el capataz. «Ahí la tiene, ésa de las rayas rojas.» ¿Y quién cree que se presentó en aquel mismo momento? Pues nada menos que Mordecai Smith, el propietario desaparecido. Venía en bastante mal estado, a causa de la bebida. Como es natural, yo no le habría reconocido, pero iba voceando a grito pelado su nombre y el nombre de la lancha. «La quiero para esta noche a las ocho», dijo. «A las ocho en punto, ¿se entera?. Tengo dos caballeros a los que no les gusta esperar.» Estaba claro que le habían pagado bien, porque tenía dinero en abundancia y estuvo repartiendo chelines a los hombres. Lo seguí durante un trecho, pero se metió en una taberna, así que volví al astillero. Por el camino tuve la suerte de encontrarme con uno de mis muchachos y lo dejé de guardia, vigilando la lancha. Tiene instrucciones de quedarse en la orilla y hacer ondear su pañuelo cuando zarpen. Nosotros estaremos al acecho en medio de la corriente y raro será que no logremos atrapar a esos hombres, con tesoro y todo.

—Lo tiene todo muy bien planeado, tanto si son los hombres que buscamos como si no —dijo Jones—. Pero si el asunto estuviera en mis manos, habría situado un destacamento de policía en el astillero de Jacobson, para detenerlos en cuanto aparecieran.

—Es decir, nunca. Este Small es un individuo bastante listo. Lo más probable es que envíe un explorador por delante, y si algo le hace recelar, seguirá escondido una semana más.

—Podría usted haberse pegado a Mordecai Smith, y éste le habría conducido al escondite —dije yo.

—Hacer eso habría sido perder el tiempo. Creo que hay una posibilidad entre cien de que Smith sepa dónde viven. Mientras tenga licor y le paguen bien, ¿para qué va a hacer preguntas? Ellos le envían mensajes diciéndole lo que tiene que hacer. No; he considerado todas las líneas de acción posibles y ésta es la mejor.

Mientras manteníamos esta conversación, habíamos ido pasando bajo la larga serie de puentes que cruzan el Támesis.

Cuando pasábamos ante la City, los últimos rayos de sol daban un brillo dorado a la cruz que remata la catedral de San Pablo. Al llegar a la Torre ya estaba anocheciendo.

—Ése es el astillero de Jacobson —dijo Holmes, señalando un bosquecillo de mástiles y aparejos en la orilla de Surrey—. Nos moveremos despacio, arriba y abajo, al abrigo de esta hilera de barcazas.

Sacó del bolsillo un par de gemelos y observó la orilla durante un buen rato.

—Veo a mi centinela en su puesto —comentó—, pero no hay señales del pañuelo.

—¿Y si avanzamos un poco corriente abajo y los aguardamos? —dijo Jones, ansioso.

Todos nos sentíamos ansiosos a esas alturas, incluso los policías y los fogoneros, que tenían una idea muy vaga de lo que estaba ocurriendo.

—No estamos en condiciones de dar nada por supuesto —respondió Holmes—. Desde luego, hay diez posibilidades contra una de que vayan río abajo, pero no podemos estar seguros. Desde aquí podemos ver la entrada del astillero, y es difícil que ellos nos vean. La noche va a ser clara, con bastante luz. Tenemos que quedarnos donde estamos. Miren qué hormigueo de gente hay allí enfrente, a la luz de las farolas.

—Son los obreros del astillero, que salen del trabajo.

—Tienen una pinta de rufianes lamentable, pero supongo que todos poseen una pequeña chispa inmortal oculta en su interior. Nadie lo diría al verlos. A priori, no parece probable. ¡Qué extraño enigma es el hombre!

—Hay quien lo ha descrito como un alma escondida dentro de un animal — comenté yo.

—Winwood Reade ha dicho cosas muy interesantes sobre el tema —dijo Holmes—. Asegura que, si bien el individuo es un rompecabezas insoluble, cuando forma parte de una multitud se convierte en una certeza matemática. Por ejemplo, nunca se puede predecir lo que hará un hombre cualquiera, pero se puede decir con exactitud lo que hará la población por término medio. Los individuos varían, pero los porcentajes se mantienen constantes. Eso dicen los expertos en estadística. Pero... ¿es aquello un pañuelo? Sí, se ve algo blanco ondear por allí.

—¡Sí, es su muchacho! —exclamé—. Lo veo perfectamente.

—¡Y ahí está el Aurora! —exclamó Holmes—. Y corre como un diablo. ¡A toda máquina, maquinista! Siga a aquella lancha del farol amarillo. Por Dios que no me perdonaré nunca si resulta que nos deja atrás.

La lancha se había deslizado sin que la viéramos por la entrada del astillero y había pasado por detrás de dos o tres embarcaciones pequeñas, de manera que ya casi había alcanzado su máxima velocidad cuando la vimos. Ahora volaba corriente abajo, muy cerca de la orilla, a una velocidad tremenda. Jones la miró con gesto serio y meneó la cabeza.

—Es muy rápida —dijo—. No sé si la alcanzaremos.

—¡Tenemos que alcanzarla! —gritó Holmes, apretando los dientes—. ¡Llenadla a tope, fogoneros! Que dé todo lo que pueda dar de sí. ¡Hay que cogerlos aunque quememos la lancha Íbamos ya detrás de ellos a buena marcha. Las calderas rugían y las potentes máquinas zumbaban y latían como un enorme corazón metálico. La alta y afilada proa cortaba las tranquilas aguas del río, formando dos grandes olas a derecha e izquierda. A cada palpitación de las máquinas, saltábamos y nos estremecíamos como si todos formáramos un organismo vivo. Un gran foco amarillo situado a proa proyectaba frente a nosotros un largo y tembloroso haz de luz. Más por delante, una mancha oscura sobre el agua nos indicaba la posición del Aurora, y la estela de espuma blanca que dejaba a su paso hablaba bien a las claras de la velocidad que llevaba. Dejamos atrás barcazas, vapores, barcos mercantes, sorteándolos por uno y otro lado, pasando por detrás de unos y rodeando otros. Oímos voces que nos gritaban desde la oscuridad, pero el Aurora seguía como un rayo, y nosotros detrás, pegados a su estela.

—¡Más carbón, muchachos, más carbón! —gritaba Holmes, asomándose a la sala de máquinas, cuyo intenso resplandor iluminaba desde abajo su rostro aguileño y ansioso—. ¡Sacadle toda la presión que podáis!

—Creo que vamos ganando un poco de terreno —dijo Jones, con los ojos fijos en el Aurora.

—Sí, estoy seguro —dije yo—. La alcanzaremos en unos minutos.

Pero en aquel momento, como por obra de la fatalidad, un remolcador que arrastraba tres barcazas se interpuso entre nosotros. Conseguimos evitar la colisión dando un brusco giro al timón, pero antes de que pudiéramos rodearlo y recuperar el rumbo, el Aurora nos había sacado sus buenas doscientas yardas de ventaja. Aun así, todavía lo teníamos al alcance de la vista, y el turbio e incierto crepúsculo se iba transformando en una noche clara y estrellada. Llevábamos las calderas forzadas al máximo, y el frágil cascarón vibraba y crujía a causa de la furiosa energía que nos impulsaba. Recorrimos a toda marcha el Pool, dejando atrás el muelle de las Indias Occidentales, bajamos por el largo canal de Deptford y lo volvimos a subir después de rodear la isla de los Perros. Por fin, la mancha borrosa que veíamos delante fue cobrando forma hasta transformarse en la elegante silueta del Aurora. Jones dirigió hacia ella nuestro foco, y pudimos ver con claridad las figuras que iban en cubierta. Había un hombre sentado a popa, inclinado sobre algo negro que llevaba entre las rodillas. A su lado se veía una masa oscura, que parecía un perro de Terranova. El muchacho manejaba la caña del timón y, recortado contra el resplandor rojo de la máquina, pude distinguir al viejo Smith, desnudo de cintura para arriba y paleando carbón como si le fuera la vida en ello. Al principio, puede que hubieran tenido alguna duda acerca de si verdaderamente los íbamos persiguiendo o no, pero ahora que seguíamos cada uno de sus giros y sus curvas ya no podía caber duda alguna. A la altura de Greenwich nos llevaban una ventaja de unos trescientos pasos. Al llegar a Blackwall, ya no eran más que doscientos cincuenta. A lo largo de mi accidentada carrera, he perseguido y cazado El Pool es el tramo del Támesis comprendido entre el puente de Londres y el puente de Cuckolds. muchos animales en muchos países, pero ninguna cacería me había producido una excitación tan frenética como la de aquella enloquecida caza del hombre, volando Támesis abajo. Poco a poco, metro a metro, les fuimos ganando terreno. En el silencio de la noche se oían los jadeos y golpeteos de sus máquinas. El hombre de popa seguía agachado sobre la cubierta y movía los brazos como si estuviera haciendo algo; de cuando en cuando, levantaba la mirada y medía con la vista la distancia que aún nos separaba. Nos fuimos acercando más y más. Jones les gritó que se detuvieran. Ya sólo nos llevaban cuatro largos de ventaja, y las dos lanchas volaban a velocidad de vértigo. Habíamos llegado a un tramo del río que estaba despejado, entre Barking Level a un lado y las melancólicas marismas de Plumstead al otro. Al oír nuestros gritos, el hombre de popa se puso en pie y agitó hacia nosotros los puños cerrados, maldiciéndonos con voz chillona y cascada. Era un hombre fuerte y corpulento y, al verlo de pie con las piernas separadas, me di cuenta de que la pierna derecha, desde la rodilla hasta abajo, no era más que un mástil de madera. Como en respuesta a sus gritos estridentes y airados, se produjo un movimiento en la masa acurrucada sobre la cubierta. Cuando se incorporó, vimos que era un hombrecillo negro, el más pequeño que he visto en mi vida, con una cabeza grande y deforme y una gran mata de cabellos revueltos y enmarañados. Holmes ya había sacado su revólver y yo eché mano al mío nada más ver a aquella criatura deforme y salvaje. Estaba envuelto en una especie de capote o manta oscura, que sólo dejaba al descubierto su cara; pero aquella cara bastaba para quitarle el sueño a cualquiera. Nunca he visto unas facciones que expresaran tanta bestialidad y crueldad. Sus ojillos brillaban y ardían con luz siniestra y sus gruesos labios se arrugaban, dejando a la vista los dientes, que rechinaban y nos hacían muecas con una furia casi animal.

—Si levanta la mano, dispare —dijo Holmes tranquilamente.

Estábamos ya a un largo de distancia, con nuestra presa casi al alcance de la mano. Aún ahora me parece que los estoy viendo a los dos: el hombre blanco, de pie, con las piernas separadas, vociferando maldiciones; y el diabólico enano, con su rostro espantoso y sus afilados dientes amarillos, tirándonos mordiscos a la luz de nuestro foco.

Y fue una suerte que pudiéramos verlo con tanta claridad, porque mientras lo mirábamos sacó de debajo de su capote un instrumento de madera corto y redondo, parecido a una regla, y se lo llevó a los labios. Nuestras dos pistolas dispararon a la vez. El hombre se retorció, extendió hacia arriba los brazos y, con una especie de tos ahogada, cayó de costado al río.

En aquel mismo instante, el hombre de la pata de palo se lanzó sobre el timón y dio un brusco giro al mismo, dirigiendo la lancha hacia la orilla sur, mientras nosotros pasábamos rozando su popa, a unos pocos pies de distancia. Sólo tardamos unos segundos en virar tras él, pero para entonces ya casi había llegado a la orilla. Era un lugar salvaje y desolado: la luz de la luna iluminaba una amplia extensión de marisma, con charcas de agua estancada y masas de vegetación en descomposición. Con un golpe seco, la lancha encalló en un banco de fango, quedando con la proa al aire y la popa al nivel del agua. El fugitivo saltó a tierra, pero su pata de palo se hundió por completo en el suelo enfangado. Todos sus esfuerzos y contorsiones fueron en vano: le resultaba imposible dar un paso, ni hacia delante ni hacia atrás. Gritó de rabia e impotencia, y pateó frenéticamente el barro con el otro pie; pero lo único que consiguió con sus forcejeos fue clavar aun más su ancla de madera en el fango de la orilla. Cuando la lancha llegó hasta él, estaba tan firmemente anclado que tuvimos que pasarle una cuerda bajo los hombros para desclavarlo e izarlo por la borda, como si hubiéramos pescado un pez maligno. Los dos Smith, padre e hijo, se habían quedado sentados en su lancha con expresión abatida, pero subieron mansamente a bordo de la nuestra cuando se los ordenamos. Desembarrancamos el Aurora y lo amarramos a nuestra popa. Sobre su cubierta había un sólido cofre de hierro, de artesanía india. No cabía duda de que aquella era la caja que contenía el infausto tesoro de los Sholto. No tenía llave, pero pesaba muchísimo, así que lo llevamos con cuidado a nuestro pequeño camarote.

Mientras remontábamos de nuevo el río a poca velocidad, enfocamos nuestro proyector en todas direcciones, pero no vimos ni rastro del isleño. En algún lugar del fondo del Támesis, entre el fango negro, yacen los huesos de aquel extraño visitante de nuestras costas.

—Mire esto —dijo Holmes, señalando la escotilla de madera—. Parece que no fuimos lo bastante rápidos con nuestras pistolas.

Efectivamente, justo detrás de donde nosotros habíamos estado, se había clavado uno de aquellos dardos asesinos que conocíamos tan bien. Debió pasar zumbando entre nosotros cuando disparamos. Holmes sonrió y se encogió de hombros con su característico aire despreocupado, pero yo tengo que confesar que me dieron mareos al pensar en la horrible muerte que tan cerca de nosotros había pasado aquella noche.

Capítulo XI

El gran tesoro de Agra

Nuestro prisionero estaba sentado en el camarote, enfrente de la caja de hierro por cuya posesión tanto se había esforzado y tanto tiempo había aguardado. Era un sujeto curtido por el sol, de mirada temeraria, con rasgos de color caoba surcados por una red de líneas y arrugas, que daban fe de una vida dura al aire libre. Su mandíbula barbuda era particularmente saliente, lo cual indicaba que se trataba de un hombre al que no era fácil desviar de sus propósitos. Debía de tener unos cincuenta años, más o menos, porque entre sus cabellos negros y ensortijados asomaban numerosas mechas grises. Su rostro no resultaba desagradable cuando estaba en reposo, aunque sus espesas cejas y su agresiva mandíbula le daban, como habíamos tenido ocasión de comprobar, una expresión terrible cuando se enfurecía. En aquel momento estaba sentado, apoyando en el regazo las manos esposadas y con la cabeza caída sobre el pecho, mirando con ojos ansiosos y centelleantes la caja que había sido la causa de todas sus fechorías. Me pareció que había más pena que rabia en su expresión rígida y controlada. Incluso me miró una vez con una especie de brillo divertido en los ojos.

—Bueno, Jonathan Small —dijo Holmes, encendiendo un cigarro—. Lamento que todo haya acabado así.

—También lo lamento yo, señor —respondió Small con franqueza—. Pero no creo que me puedan colgar por esto. Le doy mi palabra, sobre la Biblia, de que no levanté la mano contra el señor Sholto. Fue ese pequeño diablo de Tonga, que le disparó uno de sus malditos dardos. Yo no participé en ello, señor. Me dolió como si se hubiera tratado de un pariente mío. Azoté al pequeño diablo con el extremo suelto de la cuerda, pero ya estaba hecho y yo no podía remediarlo.

—Tenga un cigarro —dijo Holmes—. Y lo mejor será que eche un trago de este frasco, porque está usted empapado. ¿Cómo esperaba que un hombre tan pequeño y débil como ese negro dominara al señor Sholto y lo inmovilizara mientras usted trepaba por la cuerda?

—Parece que sabe usted lo que ocurrió como si hubiera estado allí. La verdad es que esperaba encontrar la habitación vacía. Conocía bastante bien las costumbres de la casa, y sabía que Sholto solía bajar a cenar a aquella hora. No pienso andarme con secretos. Como mejor puedo defenderme es diciendo la pura verdad. Eso sí, si se hubiera tratado del viejo comandante, no me importaría nada que me ahorcaran por haberlo matado. Lo habría acuchillado con la misma tranquilidad con que me fumo este cigarro. Pero es una mala faena ir a prisión por la muerte de ese joven Sholto, con el que no tenía ninguna cuenta pendiente.

—Se encuentra usted en manos del inspector Athelney Jones, de Scotland Yard. Va a llevarlo a mi domicilio, y le voy a pedir que me cuente toda la verdad de lo ocurrido. Le conviene ser sincero, porque si lo es, tal vez yo pueda ayudarle. Creo poder demostrar que el veneno actúa con tal rapidez que Sholto ya estaba muerto antes de que usted llegara a la habitación.

—Ya lo creo que lo estaba. En la vida me he llevado un susto tan grande como cuando entré por la ventana y lo vi sonriéndome con la cabeza caída sobre un hombro. Le aseguro que fue un golpe, señor. Habría medio matado a

Tonga por hacer aquello si no se llega a escabullir. Precisamente por eso se dejó olvidada su maza y algunos de sus dardos, según me dijo, y apuesto a que fue eso lo que les puso sobre mi pista, aunque no me explico cómo pudo seguirla hasta el fin. No le guardo rencor por ello, pero no deja de resultar extraño —añadió, con una sonrisa de amargura— que yo, que tengo derecho a reclamar parte de una fortuna de medio millón, me haya pasado la primera mitad de mi vida construyendo una presa en las Andaman y me vaya a pasar la otra mitad cavando letrinas en Dartmoor. Fue un día nefasto para mí aquél en que puse los ojos sobre el mercader Achmet y entró en mi vida el tesoro de Agra, que no ha hecho sino acarrear la perdición de todo aquel que lo ha poseído. A Achmet le causó la muerte; al mayor Sholto, miedo y remordimientos; y a mí, la esclavitud durante toda una vida.

En aquel momento, Athelney Jones asomó la cara y los hombros al interior del pequeño camarote.

—Parece una reunión familiar —comentó—. Creo que voy a echar un trago de ese frasco, Holmes. Bueno, me parece que podemos felicitarnos. Es una pena que no cogiéramos vivo al otro, pero no había elección. La verdad, Holmes, hay que reconocer que la cosa ha salido bien por los pelos. Un poco más y se nos escapan.

—Bien está lo que bien acaba —dijo Holmes—. Pero lo cierto es que no sospechaba que el Aurora fuera tan rápido.

—Smith asegura que es una de las lanchas más rápidas del río, y que si hubiera tenido a alguien que le ayudara con las máquinas, jamás la habríamos alcanzado. También jura que no sabía nada del asunto de Norwood.

—Y dice la verdad —exclamó nuestro prisionero—. No sabía ni una palabra. Elegí su lancha porque había oído decir que volaba. No le dijimos nada, pero le pagamos bien, y habría recibido una espléndida gratificación si hubiéramos llegado a nuestro barco, el Esmeralda, que zarpa de Gravesend con rumbo a Brasil.

—Bueno, si no ha hecho nada malo, ya nos ocuparemos de que nada malo le ocurra. Nos damos bastante prisa en atrapar a nuestros hombres, pero no tanta en condenarlos.

Tenía gracia la manera en que aquel engreído de Jones empezaba ya a darse aires de importancia por la captura. Por la leve sonrisa que asomó al rostro de Sherlock Holmes, comprendí que no le habían pasado inadvertidas aquellas palabras.

—Estamos a punto de llegar al puente de Vauxhall —dijo Jones—. Allí desembarcaremos al doctor Watson con la caja del tesoro. No hace falta que le diga que asumo una gran responsabilidad al hacer esto. Es algo muy irregular, pero un trato es un trato. No obstante, dado el valor del cargamento, tengo el deber de hacer que le acompañe un inspector. Irá en coche, ¿verdad?

—Sí, en coche.

—Es una pena que no tengamos la llave para hacer antes un inventario. Tendrán ustedes que forzar el cierre. ¿Dónde está la llave, señor mío?

—En el fondo del río —respondió Small escuetamente.

—¡Hum! No sé por qué tenía que causarnos esta dificultad innecesaria. Bastantes problemas nos ha ocasionado ya. En fin, doctor, no hace falta que le advierta que tenga cuidado. Lleve después la caja al apartamento de Baker Street. Allí nos encontrará, camino de la comisaría.

Desembarqué en Vauxhall, con la pesada caja de hierro y en compañía de un inspector campechano y simpático. Un coche nos llevó en un cuarto de hora a casa de la señora de Cecil Forrester. La sirvienta parecía sorprendida de que llegara una visita tan tarde. Nos explicó que la señora Forrester había salido y era probable que regresara muy tarde. Pero la señorita Morstan sí que estaba en la sala de estar, y a la sala me fui, con la caja en la mano, dejando al considerado inspector en el coche.

Mary Morstan estaba sentada junto a una ventana abierta, con un vestido de algún tejido diáfano y blanco, con ligeros toques escarlatas en el cuello y la cintura. La suave luz de una lámpara de pantalla caía sobre la figura recostada en un sillón de mimbre, creando efectos en su rostro dulce y serio y arrancando apagados brillos metálicos a los hermosos rizos de su espléndida cabellera. Un brazo blanco y su mano colgaban al costado del sillón, y toda su figura y su actitud denotaban una profunda melancolía. Sin embargo, al oír mis pisadas se puso en pie de un salto y un vivo rubor de sorpresa y placer coloreó sus pálidas mejillas.

—Oí que se detenía un coche —dijo— y pensé que era la señora Forrester, que regresaba antes de lo previsto, pero no imaginaba que pudiera ser usted. ¿Qué noticias me trae?

—Le traigo algo mejor que noticias —dije, poniendo la caja sobre la mesa y hablando en tono animado y jovial, aunque por dentro tenía el corazón encogido—. Le he traído algo que vale más que todas las noticias del mundo. Le he traído una fortuna.

Ella miró la caja de hierro.

—¿De modo que ése es el tesoro? —preguntó con bastante frialdad.

—Sí, el gran tesoro de Agra. La mitad es suya, y la otra mitad de Thaddeus Sholto. Les tocarán unas doscientas mil libras a cada uno. ¡Piense en eso! Una renta anual de diez mil libras. Habrá pocas muchachas más ricas en Inglaterra.

¿No es estupendo?

Es bastante posible que me excediera en mis manifestaciones de alegría y que ella detectara un tonillo falso en mis felicitaciones, porque vi que alzaba un poco las cejas y me miraba con curiosidad.

—Si lo he conseguido —dijo—, ha sido gracias a usted.

—No, no —respondí—. A mí, no. Gracias a mi amigo Sherlock Holmes. Aunque hubiera puesto en ello toda mi voluntad, yo jamás habría podido seguir un rastro que incluso ha puesto a prueba su genio analítico. Lo cierto es que casi se nos escapan en el último momento.

—Por favor, siéntese y cuéntemelo todo, doctor Watson —dijo ella.

Le relaté en pocas palabras lo ocurrido desde la última vez que la vi: el nuevo método de búsqueda empleado por Holmes, la localización del Aurora, la aparición de Athelney Jones, nuestra expedición nocturna y la frenética persecución Támesis abajo. Ella escuchaba la narración de nuestras aventuras con los labios entreabiertos y los ojos brillantes. Cuando mencioné el dardo que nos había fallado por tan poco, se puso tan pálida que temí que estuviera a punto de desmayarse.

—No es nada —dijo, mientras yo me apresuraba a servirle un poco de agua—. Ya estoy bien. Es que me horroriza saber que he puesto a mis amigos en un peligro tan espantoso.

—Eso ya terminó —respondí—. No tuvo importancia. Ya no le contaré más detalles macabros. Pensemos en algo más alegre. Aquí está el tesoro. ¿Puede existir algo más alegre? Conseguí que me autorizaran a traerlo aquí, porque pensé que le interesaría ser la primera en verlo.

—Me interesa muchísimo —dijo.

Pero no había ningún entusiasmo en su voz. Estaba claro que consideraba que habría sido una descortesía por su parte mostrarse indiferente ante un premio que tanto había costado ganar.

—¡Qué caja tan bonita! —dijo, inclinándose sobre ella—. Hecha en la India, supongo.

—Sí, artesanía de Benarés.

—¡Y cuánto pesa! —exclamó, intentando levantarla—. La caja sola ya debe valer algo. ¿Y la llave?

—Small la tiró al Támesis —respondí—. Tendré que usar este atizador de la señora Forrester.

En la parte delantera de la caja había un pasador ancho y grueso con la forma de un Buda sentado. Metí el extremo del atizador por debajo e hice palanca hacia fuera. El pasador saltó con un fuerte chasquido. Levanté la tapa con dedos temblorosos y los dos nos quedamos mirando atónitos. ¡La caja estaba vacía!

No era de extrañar que pesara tanto. Las planchas de hierro medían más de centímetro y medio de espesor. Era un cofre sólido, bien construido y resistente, como si lo hubieran fabricado expresamente para transportar objetos de gran valor, pero en su interior no había ni rastro de joyas o metales preciosos. Estaba completa y absolutamente vacío.

—El tesoro ha desaparecido —dijo la señorita Morstan tranquilamente.

Al oír aquellas palabras y darme cuenta de lo que significaban, me pareció que en mi alma se disipaba una enorme sombra. Hasta aquel momento, cuando por fin se hubo esfumado, no me había dado cuenta de hasta qué punto me había tenido abrumado aquel tesoro de Agra. Sin duda aquello era egoísta, desleal, injusto, pero lo único que yo veía era que había desaparecido la barrera de oro que nos separaba.

—¡Gracias a Dios! —exclamé.

Ella me miró con una rápida e inquisitiva sonrisa.

—¿Por qué dice eso? —preguntó.

—Porque ahora está usted otra vez a mi alcance —dije, tomándola de la mano. Ella no la retiró—. Porque la amo, Mary, con toda la fuerza con que un hombre puede amar a una mujer. Porque este tesoro, estas riquezas, tenían sellados mis labios. Ahora que han desaparecido puedo decirle cuánto la amo. Por eso exclamé «Gracias a Dios».

—Entonces, yo también digo «Gracias a Dios» —susurró, mientras yo la atraía hacia mí.

Y supe que, aunque alguien hubiera perdido un tesoro aquella noche, yo había encontrado el mío.

Capítulo XII

La extraña historia de Jonathan Small

Aquel inspector que se había quedado en el coche era un hombre muy paciente, porque transcurrió bastante rato antes de que me reuniera con él. Su rostro se ensombreció cuando le mostré la caja vacía.

—Adiós a la recompensa —dijo en tono abatido—. Si no hay dinero, no hay paga. Si el tesoro hubiera estado ahí, el trabajo de esta noche nos habría valido a Sam Brown y a mí diez libras por cabeza.

—El señor Thaddeus Sholto es rico —dije—. Él se ocupará de que sean recompensados, con tesoro o sin él.

Pero el inspector negó con la cabeza en un gesto de desaliento.

—Un mal trabajo —repitió—. Y lo mismo pensará Athelney Jones.

Su predicción resultó acertada, porque el policía se quedó completamente pálido cuando llegué a Baker Street y le mostré la caja vacía. Holmes, el detenido y él acababan de llegar, porque habían cambiado de plan por el camino y habían ido a informar a una comisaría. Mi compañero estaba arrellanado en su butaca con su habitual expresión de indiferencia, y Small se sentaba impasible frente a él, con la pata de palo cruzada sobre la pierna buena. Cuando presenté la caja vacía, se echó hacia atrás en su asiento y soltó una carcajada.

—Esto es obra suya, Small —dijo Athelney Jones, furioso.

—Sí, yo lo tiré donde ustedes jamás podrán echarle mano —exclamó alborozado—. El tesoro era mío, y si no puedo quedarme con él, ya pondré buen cuidado de que no se lo quede ningún otro. Les aseguro que ningún ser viviente tiene derecho a él, con excepción de tres hombres que cumplen condena en el presidio de Andaman y de mí mismo. Me consta que yo ya no podré aprovecharlo, y sé que ellos tampoco. En todo momento he actuado en su nombre, tanto como en el mío propio. Siempre hemos sido fieles al signo de los cuatro. Pues bien, sé que ellos habrían querido que hiciera lo que he hecho: arrojar el tesoro al Támesis antes que permitir que se lo quedasen los amigos y familiares de Sholto o de Morstan. No le hicimos a Achmet lo que le hicimos para enriquecerlos a ellos. Encontrarán ustedes el tesoro en el mismo sitio que la llave y que al pobre Tonga. Cuando vi que su lancha nos iba a alcanzar, escondí el botín en lugar seguro. No hay rupias para ustedes en este viaje.

—Usted nos quiere engañar, Small —dijo Athelney Jones en tono firme—. Si hubiera querido tirar el tesoro al Támesis, le habría resultado más fácil tirarlo con caja y todo.

—Más fácil para mí tirarlo, y más fácil para ustedes recuperarlo —respondió Small, con una astuta mirada de soslayo—. Un hombre lo bastante listo como para seguirme la pista tiene que ser también lo bastante listo como para sacar una caja de hierro del fondo de un río. Pero ahora que las joyas están esparcidas a lo largo de unas cinco millas, puede que le resulte más difícil. La verdad es que me rompió el corazón tirarlas. Estaba medio loco cuando ustedes nos alcanzaron. Pero de nada sirve lamentarse. He pasado buenos y malos momentos en mi vida, pero he aprendido a no arrepentirme de nada.

—Éste es un asunto muy serio, Small —dijo el inspector—. Si hubiera usted ayudado a la justicia, en lugar de burlarla de este modo, habría tenido más posibilidades a favor en su juicio.

—¡La justicia! —se burló el expresidiario—. ¡Bonita justicia! ¿A quién pertenecía ese botín sino a nosotros? ¿Dónde está la justicia en que se lo regale a quien no ha hecho nada por ganárselo? ¡Miren cómo me lo gané yo! Veinte largos años en aquel pantano plagado de fiebres, trabajando todo el día en los manglares y encadenado toda la noche en las mugrientas barracas de los presos, comido por los mosquitos, atormentado por la fiebre intermitente, sufriendo los abusos de todos aquellos malditos policías negros, encantados de poder ajustarle las cuentas a un blanco. Así me gané el tesoro de Agra, ¡y ustedes me hablan de justicia porque no puedo soportar la idea de haber pagado este precio sólo para que otro lo disfrute! Antes me dejaría colgar una docena de veces, o que me clavaran en la piel uno de los dardos de Tonga, que vivir en una celda de la cárcel sabiendo que otro vive cómodamente en un palacio con el dinero que debería haber sido mío.

Small había dejado caer su máscara de estoicismo, y todo este discurso lo soltó en un furioso torbellino de palabras, con los ojos echando llamas y haciendo chocar las esposas con los apasionados movimientos de sus manos. Al contemplar la furia y el ardor de aquel hombre, comprendí que no era nada infundado ni ridículo el terror que se había apoderado del mayor Sholto al enterarse de que el agraviado presidiario le seguía la pista.

—Olvida usted que no sabemos nada de todo eso —dijo Holmes tranquilamente—. No conocemos su historia y no podemos decir hasta qué punto pudo estar la justicia de su parte en un principio.

—Mire, señor, usted me habla con mucha amabilidad, aunque me doy perfecta cuenta de que es a usted a quien debo estos grilletes que llevo en las muñecas. Aun así, no le guardo rencor por ello. Ha jugado limpio, con las cartas encima de la mesa. Si quiere escuchar mi historia, no tengo ningún motivo para callármela. Lo que le voy a contar es la pura verdad, hasta la última palabra. Gracias, puede dejar el vaso aquí, a mi lado, y arrimaré los labios si tengo sed.

Yo soy de Worcestershire, nacido cerca de Pershore. Apuesto a que si se pasan por allí, encuentran un montón de gente apellidada Small. Muchas veces he pensado en ir a echar un vistazo por allá, pero la verdad es que nunca fui un motivo de orgullo para la familia, y dudo de que se alegraran mucho de verme. Son todos gente respetable, que va a la iglesia, pequeños granjeros, conocidos y respetados en toda la región, y yo siempre fui un bala perdida. Por fin, cuando tenía unos dieciocho años, dejé de causarles problemas, porque me metí en un lío por culpa de una chica y la única manera que encontré de salir fue aceptando el salario de la reina, alistándome en el Tercero de Casacas Amarillas, que estaba a punto de partir hacia la India.

Sin embargo, no estaba destinado a ser soldado mucho tiempo. Apenas había aprendido el paso de la oca y el manejo del mosquete cuando cometí la tontería de ponerme a nadar en el Ganges. Tuve la suerte de que John Holder, el sargento de mi compañía, que era uno de los mejores nadadores de todo el ejército, estuviera también en el agua en aquel momento. Cuando estaba en medio del río, un cocodrilo me atacó y me arrancó la pierna derecha tan limpiamente como lo habría hecho un cirujano. Con el susto y la pérdida de sangre, me desmayé, y me habría ahogado si Holder no me hubiera sostenido y llevado a la orilla. Pasé cinco meses en el hospital y cuando por fin pude salir renqueando con esta pata de palo sujeta al muñón, me encontré dado de baja en el ejército e incapacitado para cualquier ocupación activa.

Como podrán imaginar, aquello fue un golpe muy duro: sin haber cumplido aún los veinte años, me veía convertido en un inválido. No obstante, al poco tiempo mi desgracia resultó ser una bendición disfrazada. Un hombre llamado Abel White, que se había establecido allí para cultivar añil, buscaba un capataz que supervisara a sus peones y se ocupara de que trabajaran. Dio la casualidad de que era amigo de nuestro coronel, el cual se había interesado por mí desde mi accidente. Para abreviar la historia, el coronel me recomendó encarecidamente para el puesto y, como la mayor parte del trabajo se hacía a caballo, mi pierna no era un grave inconveniente porque me sujetaba perfectamente a la silla con la rodilla. Lo que tenía que hacer era recorrer la plantación, vigilar a los hombres durante el trabajo y dar parte de los holgazanes. La paga era buena, tenía un alojamiento confortable y, en general, me daba por satisfecho con pasar el resto de mi vida en una plantación de añil. El señor Abel White era un hombre amable y se pasaba con frecuencia por mi cabaña a fumar una pipa conmigo, porque en aquellos lugares los hombres blancos se tratan unos a otros con mucha más consideración que aquí en su país.

Pero la buena suerte nunca me duró mucho. De pronto, sin una señal de advertencia, nos cayó encima la gran rebelión. Un mes antes, la India parecía tan tranquila y pacífica como Surrey o Kent; al mes siguiente había doscientos mil diablos negros sueltos por allí, y el país era un completo infierno.

Pero ustedes, caballeros, ya deben saber todo esto..., probablemente, mejor que yo, porque nunca fui muy aficionado a la lectura. Yo sólo sé lo que vi con mis propios ojos. Nuestra plantación se encontraba en un lugar llamado Muttra, cerca de la frontera de las provincias del noroeste. Noche tras noche, el cielo entero se iluminaba con las llamas de los búngalos incendiados, y día tras día veíamos pasar por nuestras tierras pequeños grupos de europeos con sus mujeres y niños, que se dirigían hacia Agra, donde se encontraba la guarnición más cercana.

El señor Abel White era un hombre obstinado. Se le había metido en la cabeza que estaban exagerando el asunto y que la insurrección se extinguiría tan de golpe como había estallado. Y se quedó sentado en su terraza, bebiendo vasos de whisky con soda y fumando puros, mientras el país ardía a su alrededor. Como es natural, Dawson y yo nos quedamos con él. Dawson vivía con su mujer y se encargaba de llevar los libros y la administración. Y un buen día llegó la catástrofe. Yo había estado en una plantación bastante alejada y al atardecer cabalgaba despacio hacia la casa, cuando mis ojos se fijaron en un bulto informe que yacía en el fondo de una hondonada. Descendí a caballo para ver lo que era y se me heló el corazón al descubrir que se trataba de la mujer de Dawson, cortada en tiras y medio devorada por los chacales y perros salvajes. Un poco más adelante, en la carretera, estaba el propio Dawson caído de bruces y completamente muerto, con un revólver vacío en la mano y cuatro cipayos tendidos uno sobre otro delante de él. Tiré de las riendas de mi caballo, preguntándome hacia dónde debía dirigirme; pero en aquel momento vi una espesa columna de humo que se elevaba del búngalo de Abel White, de cuyo tejado empezaban a surgir llamas. Comprendí que ya no podía hacer nada por mi patrón, y que interviniendo no lograría más que perder yo también la vida. Desde donde me encontraba podía ver cientos de aquellos demonios morenos, todavía vestidos con sus casacas rojas, bailando y aullando en torno a la casa en llamas. Algunos señalaron hacia mí y un par de balas pasaron silbando junto a mi cabeza; así que emprendí la huida a través de los arrozales y aquella misma noche me puse a salvo dentro de los muros de Agra.

Sin embargo, pronto quedó claro que allí tampoco se estaba muy seguro. El país entero estaba revuelto como un enjambre de abejas. Allí donde los ingleses conseguían reunirse en pequeños grupos, podían mantener el terreno justo hasta donde alcanzaban sus fusiles. En todos los demás sitios eran fugitivos indefensos. Fue una lucha de millones contra centenares; y lo más sangrante del asunto era que aquellos hombres contra los que luchábamos, infantería, caballería y artillería, eran nuestras propias tropas selectas, soldados a los que habíamos enseñado y preparado nosotros, que manejaban nuestras propias armas y utilizaban nuestros propios toques de corneta. En Agra estaban el Tercero de Fusileros Bengalíes, algunos sikhs, dos compañías de caballería y una batería de artillería. Se había formado también un cuerpo voluntario de empleados y comerciantes, y a él me incorporé con mi pata de palo y todo. A principios de julio hicimos una salida para enfrentarnos con los rebeldes en Shahgunge, y los hicimos retroceder por algún tiempo, pero se nos acabó la pólvora y tuvimos que volver a refugiarnos en la ciudad.

De todas partes nos llegaban las peores noticias, lo cual no es de extrañar, porque si miran ustedes el mapa verán que nos encontrábamos en el corazón mismo del conflicto. Lucknow está a poco más de cien millas al Este, y Kanpur aproximadamente a la misma distancia por el Sur. En cualquier dirección de la brújula no había más que torturas, matanzas y atrocidades.

Agra es una gran ciudad, en la que proliferan toda clase de fanáticos y feroces adoradores del demonio. Nuestro puñado de hombres habría estado perdido en sus estrechas y tortuosas calles. Así pues, nuestro jefe decidió cruzar el río y tomar posiciones en el viejo fuerte de Agra. No sé si alguno de ustedes, caballeros, habrá leído u oído algo acerca de aquel viejo fuerte. Es un sitio muy extraño..., el más extraño que he visto, y eso que he estado en rincones de los más raros. En primer lugar, tiene un tamaño enorme. Yo creo que el recinto debe abarcar varias hectáreas. Hay una parte moderna, donde se instaló toda la guarnición, las mujeres, los niños, las provisiones y todo lo demás, y aún sobraba cantidad de sitio. Pero la parte moderna no es nada, comparada con el tamaño de la parte vieja, donde no iba nadie, y que había quedado abandonada a los escorpiones y los cienpiés. Está toda llena de grandes salas vacías, pasadizos tortuosos y largos pasillos que tuercen a un lado y a otro, de manera que es bastante fácil perderse allí. Por está razón, casi nunca se metía nadie por aquella parte, aunque de vez en cuando se enviaba un grupo con antorchas a explorar.

El río pasa por la parte de delante del viejo fuerte, que así queda protegida, pero por los lados y por detrás hay muchas puertas y, naturalmente, había que vigilarlas, tanto en la parte vieja como en la que ocupaban nuestras tropas. Andábamos escasos de personal y apenas disponíamos de hombres suficientes para controlar las esquinas del edificio y atender los cañones. Así pues, nos resultaba imposible montar una fuerte guardia en cada una de las innumerables puertas. Lo que hicimos fue organizar un cuerpo de guardia central en medio del fuerte y dejar cada puerta a cargo de un hombre blanco y dos o tres nativos. A mí me escogieron para vigilar durante ciertas horas de la noche una puertecilla aislada, en la fachada sudoeste del edificio. Pusieron bajo mi mando a dos soldados sikhs y se me ordenó que si ocurría algo disparase mi mosquete, asegurándome que inmediatamente llegaría ayuda desde el cuerpo de guardia central. Pero como el cuerpo de guardia se encontraba a sus buenos doscientos pasos de distancia, y el espacio intermedio estaba formado por un laberinto de pasadizos y corredores, yo tenía grandes dudas de que la ayuda pudiera llegar a tiempo en caso de un verdadero ataque.

La verdad es que yo me sentía bastante orgulloso de que me hubieran confiado aquella pequeña posición de mando, siendo como era un recluta sin experiencia, y encima cojo. Durante dos noches monté guardia con mis punjabíes. Eran unos tipos altos y de aspecto feroz, llamados Mahomet Singh y Abdullah Khan, ambos veteranos combatientes que habían empuñado las armas contra nosotros en Chilian Wallah. Hablaban inglés bastante bien, pero yo apenas pude arrancarles unas pocas palabras. Preferían quedarse juntos y charlar toda la noche en su extraña jerga sikh. Yo solía situarme fuera de la puerta, contemplando el ancho y ondulante río y el centelleo de las luces de la gran ciudad. El redoblar de los tambores, el batir de los timbales y los gritos y alaridos de los rebeldes, ebrios de opio y de bhang, bastaban para que nos acordáramos durante toda la noche de los peligrosos vecinos que teníamos al otro lado del río. Cada dos horas, el oficial de noche recorría todos los puestos de guardia para asegurarse de que todo iba bien.

La tercera noche de mi guardia era oscura y tenebrosa, con una fina y pertinaz llovizna. Era un verdadero fastidio permanecer hora tras hora en la puerta con aquel tiempo. Intenté una y otra vez hacer hablar a mis sikhs, pero sin mucho éxito. A las dos de la madrugada pasó la ronda, rompiendo por un momento la monotonía de la noche. Viendo que resultaba imposible entablar conversación con mis compañeros, saqué mi pipa y dejé a un lado el mosquete para encender una cerilla. Al instante, los dos sikhs cayeron sobre mí. Uno de ellos se apoderó de mi fusil y me apuntó con él a la cabeza, mientras el otro me aplicaba un enorme cuchillo a la garganta y juraba entre dientes que me lo clavaría si me movía un paso.

Lo primero que pensé fue que aquellos hombres estaban confabulados con los rebeldes y que aquello era el comienzo de un asalto. Si nuestra puerta caía en manos de los cipayos, todo el fuerte caería, y las mujeres y niños recibirían el mismo tratamiento que en Kanpur. Es posible que ustedes, caballeros, crean que pretendo darme importancia, pero les doy mi palabra de que cuando pensé aquello, a pesar de sentir en mi garganta la punta del cuchillo, abrí la boca con la intención de dar un grito, aunque fuera el último de mi vida, para alertar a la guardia principal. El hombre que me sujetaba pareció leer mis pensamientos, porque cuando yo tomaba aliento susurró: «No hagas ningún ruido. El fuerte está seguro. No hay perros rebeldes a este lado del río.» Se notaba en su voz que decía la verdad, y supe que si levantaba la voz era hombre muerto. Podía leerlo en los ojos castaños de aquel hombre. Así que aguardé en silencio, hasta enterarme de lo que querían de mí.

—Escúchame, sahib— —dijo el más alto y feroz de los dos, al que llamaban Abdullah Khan—. O te pones de nuestra parte ahora mismo o tendremos que hacerte callar para siempre. El riesgo que corremos es demasiado grande para que vacilemos. O te unes a nosotros en cuerpo y alma, jurando sobre la cruz de los cristianos, o esta noche tu cuerpo irá a parar al foso y nosotros nos pasaremos a nuestros hermanos del ejército rebelde. No hay término medio. ¿Qué eliges, la vida o la muerte? Sólo podemos darte tres minutos para decidir, porque el tiempo corre y todo tiene que hacerse antes de que vuelva a pasar la ronda.

—¿Cómo puedo decidir? —dije—. No me habéis explicado lo que queréis de mí. Pero os aseguro desde ahora que si es algo contra la seguridad del fuerte, no quiero saber nada del asunto y podéis clavarme el cuchillo en cuanto queráis.

—No se trata de nada contra el fuerte —dijo él—. Sólo te pedimos que hagas lo que todos tus compatriotas vienen a hacer a esta tierra. Te proponemos que te hagas rico. Si te unes a nosotros esta noche, te juramos sobre este cuchillo desenvainado, y con el triple juramento que ningún sikh ha roto jamás, que tendrás tu parte equitativa del botín. Una cuarta parte del tesoro será tuya. No podemos hacer una oferta más justa.

—Pero ¿de qué tesoro me hablas? —pregunté—. Estoy tan dispuesto a hacerme rico como podáis estarlo vosotros, pero tenéis que decirme cómo vamos a lograrlo.

—Entonces, ¿estás dispuesto a jurar por los huesos de tu padre, por el honor de tu madre, por la cruz de tu religión, que no levantarás la mano ni dirás una palabra contra nosotros, ni ahora ni después?

—Lo juraré —dije—, siempre que el fuerte no corra peligro.

—En tal caso, mi compañero y yo juraremos que tendrás una cuarta parte del tesoro, que dividiremos a partes iguales entre nosotros cuatro.

—No somos más que tres —dije yo.

—No. Dost Akbar debe recibir su parte. Te contaremos la historia mientras lo esperamos. Quédate en la puerta, Mahomet Singh, y avisa cuando lleguen. El asunto es el siguiente, sahib, y te lo cuento porque sé que los feringhees se sienten obligados por sus juramentos y que podemos confiar en ti. Si fueras un embustero hindú, aunque hubieras jurado por todos los dioses de sus falsos templos, tu sangre habría corrido por mi cuchillo y tu cuerpo estaría ya en el agua. Pero los sikhs conocemos a los ingleses y los ingleses conocen a los sikhs. Escucha, pues, lo que voy a decirte.

En las provincias del Norte hay un rajá que posee muchas riquezas, aunque sus tierras son pequeñas. Gran parte la heredó de su padre, y mucho más lo reunió él mismo, porque es un hombre de carácter ruin, más propenso a acaparar oro que a gastarlo. Cuando estalló la revuelta, quiso estar a bien con el león y con el tigre, con los cipayos y con el gobierno de la Compañía. Sin embargo, poco después empezó a creer que se acercaba el fin de los hombres blancos, porque las noticias que le llegaban de todas partes no hablaban más que de su muerte y su derrota. Aun así, como era hombre precavido, trazó sus planes de manera que, pasara lo que pasara, le quedara al menos la mitad de su tesoro. Todo el oro y la plata los guardó consigo en las bóvedas de su palacio; pero las piedras más preciosas y las perlas más perfectas que poseía las metió en un cofre de hierro y se las confió a un sirviente de confianza, para que éste, disfrazado de mercader, las trajera a la fortaleza de Agra, donde estarían a salvo hasta que vuelva a haber paz. Así, si triunfan los rebeldes, él conservará su dinero; pero si vence la Compañía, salvará sus joyas. Después de dividir así su tesoro, se sumó a la causa de los cipayos, porque éstos eran los más fuertes en torno a sus fronteras. Fíjate, sahib, en que al hacer esto, su propiedad se convierte en botín legítimo de los que se han mantenido leales. Este falso mercader, que viaja bajo el nombre de Achmet, se encuentra ahora en la ciudad de Agra y pretende entrar en el fuerte. Lleva como compañero de viaje a mi hermano de leche, Dost Akbar, que conoce su secreto. Dost Akbar le ha prometido guiarle esta noche a una puerta lateral del fuerte, y ha elegido ésta para sus propósitos. Está a punto de llegar, y aquí nos encontrará a Mahomet Singh y a mí aguardándolo. Es un lugar solitario y nadie se enterará de su llegada. El mundo no volverá a saber del mercader Achmet, pero el gran tesoro del rajá se dividirá entre nosotros. ¿Qué dices a eso, sahib?

En Worcestershire, la vida de un hombre parece algo importante y sagrado; pero la cosa es muy diferente cuando estás rodeado de fuego y sangre y te has acostumbrado a tropezar con la muerte en cada esquina. Que Achmet el mercader viviera o muriera me tenía completamente sin cuidado, pero al oír hablar del tesoro se me había animado el corazón y pensé en lo que podría hacer con él en mi tierra, en la cara que pondría mi familia al ver que el vástago inútil regresaba con los bolsillos repletos de monedas de oro. Así que ya había tomado mi decisión. Sin embargo, Abdullah Khan, creyendo que aún vacilaba, insistió todavía un poco más.

—Ten en cuenta, sahib —dijo—, que si este hombre cae en manos del comandante, éste le hará ahorcar o fusilar, y sus joyas pasarán a poder del Gobierno, sin que nadie salga ganando ni una rupia. Pues bien, si lo atrapamos nosotros, ¿por qué no íbamos a hacer también lo demás? Las joyas estarán igual de bien con nosotros que en las arcas de la Compañía. Hay suficiente para convertirnos a los cuatro en hombres ricos y poderosos. Nadie sabrá nada del asunto, porque estamos aislados de todos. ¿Puede haber una oportunidad mejor? Así pues, sahib, dime otra vez si estás con nosotros o si debemos considerarte como un enemigo.

—Estoy con vosotros en cuerpo y alma —dije.

—Está bien —respondió él, devolviéndome mi fusil—. Ya ves que nos fiamos de ti, porque creemos que, igual que nosotros, no faltarás a tu palabra. Ahora sólo tenemos que esperar a que lleguen mi hermano y el mercader.

—¿Sabe tu hermano lo que vais a hacer? —pregunté.

—El plan es suyo. Él lo ha ideado. Vamos a la puerta a montar guardia junto a Mahomet Singh.

La lluvia seguía cayendo insistentemente, porque nos encontrábamos al comienzo de la estación lluviosa. Densas y oscuras nubes cruzaban por el cielo y resultaba difícil ver más allá de un tiro de piedra. Delante de nuestra puerta se abría un profundo foso, pero estaba casi seco por algunos lugares y era fácil cruzarlo. Me parecía extraño encontrarme allí con aquellos dos feroces punjabíes, aguardando a un hombre que se encaminaba hacia la muerte.

De pronto, mis ojos captaron el brillo de una linterna sorda al otro lado del foso. Desapareció entre los montículos de tierra y volvió a aparecer, acercándose despacio a nuestra posición.

—¡Ahí están!—exclamé.

—Tú les darás el alto, sahib, como de costumbre —susurró Abdullah—. Que no sospeche nada. Envíalo adentro con nosotros y nosotros haremos el resto mientras tú te quedas aquí de guardia. Ten preparada la linterna, para estar seguros de que es nuestro hombre.

La vacilante luz continuaba acercándose, deteniéndose unas veces y avanzando otras, hasta que pude distinguir dos figuras oscuras al otro lado del foso. Las dejé descender por el terraplén, chapotear a través del fango y trepar hasta la mitad del camino a la puerta, y entonces les di el alto.

—¿Quién va? —dije con voz apagada.

—Somos amigos —me respondieron. Descubrí mi linterna y proyecté un chorro de luz sobre ellos. El primero era un sikh enorme, con una barba negra que le llegaba casi hasta la faja. No siendo en una feria, jamás he visto un hombre tan alto. El otro era un tipo bajo y gordo, con un gran turbante amarillo, que llevaba en la mano un bulto envuelto en un chal. Parecía estar temblando de miedo, porque retorcía las manos como si tuviera fiebre y giraba constantemente la cabeza a derecha e izquierda, escudriñando con sus ojillos relucientes y parpadeantes, como un ratón al aventurarse fuera de su madriguera. Me daba escalofríos pensar en matarlo, pero entonces me acordé del tesoro y el corazón se me volvió duro como el pedernal. Al ver mi rostro blanco, soltó un pequeño gorjeo de alegría y vino corriendo hacia mí.

—Protégeme, sahib —gimió—. Protege al desdichado mercader Achmet. He atravesado toda Rajputana en busca de la seguridad del fuerte de Agra. Me han robado, golpeado e insultado por haber sido amigo de la Compañía. Bendita sea esta noche, en la que vuelvo a estar a salvo... yo y mis humildes pertenencias.

—¿Qué llevas en ese paquete? —pregunté.

—Una caja de hierro —respondió—, que contiene uno o dos recuerdos de familia, que no tienen ningún valor para otros, pero que lamentaría perder. Sin embargo, no soy un mendigo, y le recompensaré, joven sahib, y también a su gobernador, si me da la protección que le pido.

Se me hizo imposible seguir hablando con aquel hombre. Cuanto más miraba su rostro gordo y asustado, más difícil me resultaba pensar que íbamos a matarlo a sangre fría. Lo mejor era acabar de una vez.

—Llevadlo a la guardia principal —dije.

Los dos sikhs se situaron a sus lados y el gigante detrás, y así emprendieron la marcha a través del oscuro pasillo de entrada. jamás hombre alguno caminó tan cercado por la muerte. Yo me quedé en la puerta con la linterna.

Oí el ruido acompasado de sus pasos avanzando por los solitarios pasillos. De pronto, se detuvieron y oí voces, un forcejeo y algunos golpes. Un instante después, oí con espanto pasos precipitados que venían en mi dirección y la respiración jadeante de un hombre que corría. Dirigí mi linterna hacia el largo y recto pasillo, y vi que por él venía el hombre gordo, corriendo como el viento, con una mancha de sangre cruzándole la cara; pisándole los talones y saltando como un tigre, venía el enorme sikh de la barba negra, con un cuchillo lanzando destellos en su mano. jamás he visto un hombre que corriera tan rápido como aquel pequeño mercader. Iba sacándole ventaja al sikh y me di cuenta de que si pasaba por donde yo estaba y lograba salir al aire libre, todavía podría salvarse. Mi corazón empezó a ablandarse, pero, una vez más, pensar en el tesoro me volvió duro y despiadado. Cuando pasaba corriendo junto a mí, le metí mi fusil entre las piernas y cayó dando un par de vueltas, como un conejo alcanzado por un disparo. Antes de que pudiera incorporarse, el sikh cayó sobre él y le hundió el puñal dos veces en el costado. El hombre no soltó ni un gemido, ni movió un solo músculo, quedando tendido donde había caído. Yo creo que se había roto el cuello al caer. Ya ven, caballeros, que cumplo mi promesa: les estoy contando la historia al detalle, exactamente tal como sucedió, tanto si me favorece como si no.

Small dejó de hablar y extendió las manos esposadas para coger el whisky con agua que Holmes le había preparado. Confieso que, a estas alturas, aquel hombre me inspiraba el horror más absoluto, no sólo por el crimen a sangre fría en el que había participado, sino, sobre todo, por la manera indiferente y hasta jactanciosa en que lo había narrado. Fuera cual fuera el castigo que le aguardaba, que no esperara ninguna simpatía por mi parte. Sherlock Holmes y Jones permanecían sentados con las manos sobre las rodillas, profundamente interesados por la historia, pero con la misma expresión de repugnancia en sus caras. Es posible que Small se diera cuenta, porque cuando prosiguió su relato había un toque de desafío en su voz y su actitud.

Aquello estuvo muy mal, no cabe duda —dijo—. Pero me gustaría saber cuántos hombres, estando en mi situación, habrían rechazado una parte del botín, sabiendo que la alternativa era dejarse cortar el cuello. Además, una vez que hubo entrado en el fuerte, era su vida o la mía. Si hubiera escapado, todo el asunto habría salido a la luz, y me habrían juzgado en consejo de guerra y, seguramente, fusilado. En momentos como aquellos, la gente no suele ser muy indulgente.

—Continúe su relato —dijo Holmes, tajante.

—Bueno, pues entre Abdullah, Akbar y yo cargamos con él. Y vaya si pesaba, a pesar de lo bajo que era. Mahomet Singh se quedó de guardia en la puerta. Lo llevamos a un lugar que los sikhs ya tenían preparado. Quedaba algo lejos, en un pasillo tortuoso que llevaba a una gran sala vacía, y cuyas paredes de ladrillo se estaban cayendo a pedazos. En un punto, el suelo de tierra se había hundido, formando una tumba natural, y allí dejamos a Achmet el mercader, después de cubrir su cuerpo con ladrillos sueltos. Una vez hecho esto, fuimos todos por el tesoro.

Estaba donde Achmet lo había dejado caer al sufrir el primer ataque. La caja era esa misma que tienen abierta sobre la mesa. Del asa tallada que tiene arriba colgaba una llave atada con un cordel de seda. La abrimos, y la luz de la linterna hizo brillar una colección de joyas como las que aparecían en los cuentos que me hacían soñar de niño en Pershore. Se quedaba uno totalmente deslumbrado al mirarlas. Cuando nos saciamos de contemplarlas, las sacamos todas e hicimos una lista. Había ciento cuarenta y tres diamantes de primera calidad, entre ellos uno que creo que llamaban «El Gran Mogol» y que dicen que es el segundo más grande del mundo. Había, además, noventa y siete esmeraldas preciosísimas y ciento setenta rubíes, aunque algunos eran pequeños. También había cuarenta carbunclos, doscientos diez zafiros, sesenta y una ágatas y gran cantidad de berilos, ónices, ojos de gato, turquesas y otras piedras cuyos nombres yo no conocía entonces, aunque los aprendí más tarde. Además de todo esto, había aproximadamente trescientas perlas bellísimas, doce de ellas montadas en una diadema de oro. Por cierto, estas últimas ya no estaban en el cofre cuando lo recuperé; alguien las había sacado. Después de contar nuestros tesoros, los volvimos a meter en el cofre y los llevamos a la puerta para que los viera Mahomet Singh. Luego renovamos solemnemente nuestro juramento de apoyarnos unos a otros y guardar el secreto. Acordamos esconder el botín en un lugar seguro hasta que el país volviera a estar en paz, y entonces dividirlo entre nosotros a partes iguales. No tenía sentido repartirlo en aquel momento, porque si nos encontraban encima joyas de tanto valor se despertarían sospechas, y en el fuerte no había intimidad ni existía lugar alguno donde poder guardarlas. Así pues, llevamos la caja a la misma sala donde habíamos enterrado el cadáver y allí, debajo de unos ladrillos de la pared mejor conservada, abrimos un hueco y metimos en él nuestro tesoro. Tomamos buena nota del lugar, y al día siguiente yo dibujé cuatro planos, uno para cada uno de nosotros, y al pie de cada plano puse el signo de nosotros cuatro, porque habíamos jurado que cada uno defendería siempre los intereses de los demás, de manera que ninguno saliera más favorecido. Y puedo asegurar, con la mano sobre el corazón, que jamás he quebrantado aquel juramento.

Bueno, caballeros, no hace falta que les cuente como concluyó la rebelión india. Cuando Wilson tomó Delhi y Sir Colin liberó Lucknow, se rompió la columna vertebral del asunto. Llegaron nuevas tropas a montones y Nana Sahib se esfumó por la frontera. Una columna volante, mandada por el coronel Greathed, avanzó sobre Agra y puso en fuga a los pandies. Parecía que se iba restableciendo la paz en el país, y nosotros cuatro empezábamos a confiar en que se acercaba el momento de poder largarnos sin problemas con nuestra parte del botín. Pero nuestras esperanzas se hicieron pedazos en un momento, al vernos detenidos por el asesinato de Achmet.

La cosa sucedió así: cuando el rajá puso sus joyas en manos de Achmet, lo hizo porque sabía que éste era digno de confianza. Sin embargo, esos orientales son gente muy recelosa. ¿Qué creen que hizo el rajá? Pues recurrir a un segundo sirviente, todavía más leal, y ponerlo a espiar al primero. A este segundo hombre se le ordenó que no perdiera nunca de vista a Achmet y que lo siguiera como si fuese su sombra. Aquella noche lo había seguido y lo había visto entrar por la puerta. Como es natural, pensó que se había refugiado en el fuerte, y al día siguiente también él solicitó ser admitido, pero no pudo encontrar ni rastro de Achmet. Esto le pareció tan extraño que habló del asunto con un sargento de exploradores, el cual lo puso en conocimiento del comandante. Inmediatamente se procedió a un registro minucioso y se descubrió el cadáver. Y de este modo, justo cuando creíamos estar a salvo, los cuatro fuimos detenidos y llevados ajuicio por asesinato: tres de nosotros por haber estado de guardia en la puerta aquella noche, y el cuarto porque se sabía que había acompañado a la víctima. Durante el juicio no se dijo ni una palabra acerca de las joyas, porque el rajá había sido derrocado y desterrado de la India, así que nadie tenía un interés particular por ellas. Sin embargo, lo del asesinato quedó perfectamente demostrado, y estaba claro que los cuatro teníamos que haber participado en él. A los tres sikhs les cayeron trabajos forzados a perpetuidad, y a mí me condenaron a muerte, aunque más adelante me conmutaron la sentencia por la misma que a los demás.

Nos encontrábamos, pues, en una situación bastante curiosa. Allí estábamos los cuatro, con una cadena al tobillo y poquísimas probabilidades de salir alguna vez en libertad, a pesar de que cada uno de nosotros conocía un secreto que le habría permitido vivir en un palacio, si hubiera podido aprovecharlo. Era como para volverse loco de rabia, tener que aguantar las patadas y los puñetazos de todos aquellos fantasmones, tener que alimentarnos de arroz y agua, cuando fuera teníamos aquella fastuosa fortuna, aguardando que la recogiéramos. Aquello podría haberme vuelto loco, pero siempre fui bastante tozudo, así que aguanté y esperé a que llegara mi momento.

Y por fin me pareció que el momento había llegado. Me trasladaron desde Agra a Madrás, y de allí a la isla de Blair, en las Andamán. En aquella prisión hay muy pocos presos blancos y, como yo me porté bien desde el principio, no tardé en convertirme en una especie de privilegiado. Se me asignó una cabaña en Hope Town, que es un poblado pequeño en la ladera del monte Harriet, y me dejaron prácticamente a mi aire. Es un lugar horrible e infecto, y todo él, excepto los pequeños claros donde vivíamos, está plagado de salvajes caníbales, siempre dispuestos a dispararnos un dardo envenenado si les dábamos ocasión. Teníamos que cavar, abrir zanjas, plantar ñame y otra docena de actividades, de manera que nos manteníamos bastante ocupados todo el día; pero por la noche disponíamos de algo de tiempo libre. Entre otras cosas, aprendí a preparar y administrar medicinas para ayudar al médico, y adquirí ligeras nociones de su ciencia. Me mantenía en constante alerta por si surgía una oportunidad de escapar; pero aquello está a cientos de millas de la tierra más próxima y en aquellos mares apenas sopla el viento, de modo que la fuga resultaba terriblemente difícil.

Nuestro médico, el doctor Somerton, era un joven vividor y aficionado al juego, y los demás funcionarios jóvenes se reunían por la noche en sus habitaciones para jugar a las cartas. La enfermería, donde yo solía preparar las medicinas, estaba al lado de su cuarto de estar, y había una ventanita que comunicaba las dos habitaciones. Muchas noches, cuando me sentía solo, apagaba la lámpara de la enfermería y me quedaba allí, escuchando lo que decían y viéndolos jugar. A mí también me gustan las partidas de cartas, y mirarlos era casi tan entretenido como jugar uno mismo. Además del médico, allí iban el mayor Sholto, el capitán Morstan y el teniente Bromley Brown, que estaban al mando de las tropas nativas, y también dos o tres funcionarios de prisiones, unos viejos zorros que jugaban un juego fino, astuto y seguro. Formaban una cuadrilla muy apañadita.

Pues bien, pasaba una cosa que en seguida me llamó la atención, y era que los militares solían perder siempre y los civiles ganaban. Mire que no estoy diciendo que hicieran trampas, pero lo cierto es que ganaban. Aquellos funcionarios de prisiones apenas habían hecho otra cosa que jugar a las cartas desde que llegaron a las Andamán, y conocían al dedillo el juego de los demás, mientras que los militares jugaban sólo para pasar el rato y manejaban las cartas de cualquier manera. Noche tras noche, los militares se iban empobreciendo, y cuanto más perdían, más ansiosos estaban por jugar. Al que peor le iba era al mayor Sholto. Al principio, solía pagar en billetes y monedas de oro, pero pronto empezó a firmar pagarés, y por grandes sumas. A veces ganaba unas cuantas manos, lo suficiente para cobrar ánimos, y entonces la suerte se volvía contra él, peor que nunca. Se pasaba el día andando de un lado a otro con un humor de perros, y empezó a beber mucho más de lo que le convenía.

Una noche, perdió aun más de lo habitual. Yo estaba sentado en mi cabaña cuando él y el capitán Morstan pasaron tambaleándose, camino de sus aposentos. Los dos eran amigos íntimos y no se separaban nunca. El mayor iba rabiando por sus pérdidas.

—Esto se acabó, Morstan —iba diciendo al pasar ante mi cabaña—. Tendré que enviar mi dimisión. Estoy en la ruina.

—¡Tonterías, amigo mío! —dijo el otro, palmeándole la espalda—. A mí también me ha ido mal, pero...

Eso fue todo lo que oí, pero fue suficiente para ponerme a pensar.

Un par de días después, el mayor Sholto fue a dar un paseo por la playa y aproveché la oportunidad para hablar con él.

—Me gustaría pedirle un consejo, señor —dije.

—Bien, Small, ¿de qué se trata? —preguntó, sacándose el puro de la boca.

—Quería preguntarle, señor, cuál sería la persona más indicada para hacerle entrega de un tesoro escondido. Yo sé dónde hay un botín que vale medio millón de libras y, como yo no puedo aprovecharlo, he pensado que tal vez lo mejor sería entregárselo a las autoridades competentes, y de ese modo es posible que me redujeran la condena.

—¿Medio millón, Small? jadeó, mirándome con fijeza para asegurarse de que hablaba en serio.

—Eso mismo, señor. En joyas y perlas. Está a disposición de quien vaya a cogerlo. Y lo más curioso del caso es que el auténtico propietario está fuera de la ley y no puede reclamar sus propiedades, de manera que pertenece al primero que llegue.

—Pertenece al Gobierno, Small, al Gobierno —balbuceó. Pero lo dijo sin demasiada convicción y yo supe en el fondo de mi corazón que lo tenía atrapado.

—Entonces, señor, ¿cree que debería dar la información al gobernador general? —pregunté muy tranquilo.

—Bueno, no debe usted precipitarse, porque luego podría arrepentirse.

Cuéntemelo todo, Small. Deme más detalles.

Le conté toda la historia, con ligeras alteraciones para que no pudiera identificar los lugares. Cuando terminé mi relato, se quedó completamente inmóvil, pensando intensamente. Por el modo en que le temblaba el labio, me di perfecta cuenta de que en su interior se libraba una lucha.

—Éste es un asunto muy importante, Small —dijo por fin—. Lo mejor es que no le diga una palabra a nadie. Pronto volveremos a hablar.

Dos noches después, el mayor vino a mi cabaña en mitad de la noche, alumbrándose con una linterna y acompañado por su amigo, el capitán Morstan.

—Small, quiero que el capitán Morstan oiga esa historia de sus propios labios —dijo.

Yo la repetí tal como la había contado la vez anterior.

—Suena a auténtico, ¿verdad? —dijo—. Parece lo bastante bueno como para hacer algo al respecto.

El capitán Morstan asintió.

—Mire usted, Small —dijo el mayor—. Mi amigo y yo hemos estado hablando del asunto y hemos llegado a la conclusión de que, a fin de cuentas, ese secreto suyo no puede considerarse competencia del Gobierno, sino que es un asunto privado; y usted, desde luego, tiene derecho a disponer de él como mejor le parezca. Ahora, la pregunta es: ¿qué precio pediría usted? Si nos pusiéramos de acuerdo en las condiciones, podría interesarnos hacernos cargo del asunto o, al menos, tomarlo en consideración.

Procuraba hablar en tono frío y despreocupado, pero le brillaban los ojos de excitación y codicia.

—En cuanto a eso, caballeros —respondí, procurando también mostrarme frío, pero sintiéndome tan excitado como él—, sólo hay un trato que pueda hacer un hombre en mi situación. Quiero que ustedes me ayuden a conseguir la libertad, y que hagan lo mismo con mis tres compañeros. Entonces los aceptaremos en la sociedad y les daremos una quinta parte para que se la repartan entre ustedes.

—¡Hum! —dijo él—. ¡Una quinta parte! Eso no es muy tentador.

—Vendrían a ser unas cincuenta mil libras por cabeza —dije yo.

—Pero ¿cómo vamos a conseguirle la libertad? Sabe muy bien que pide un imposible.

—Nada de eso —respondí—. Lo tengo todo pensado hasta el último detalle. El único impedimento para la fuga es que no podemos conseguir una embarcación adecuada para el viaje, ni provisiones que nos duren tanto tiempo. Pero en Calcuta o en Madrás hay montones de yates y quichés pequeños que nos servirían perfectamente. Nosotros subiremos a bordó por la noche, y si ustedes nos dejan en cualquier parte de la costa india, habrán cumplido su parte del trato.

—Si se tratara sólo de una persona... —dijo.

—O todos o ninguno —respondí—. Lo hemos jurado. Tenemos que ir siempre los cuatro juntos.

—Ya lo ve, Morstan —dijo el mayor—. Small es un hombre de palabra. No abandona a sus amigos. Creo que podemos fiarnos de él.

—Es un negocio sucio —respondió el otro—. Pero, como tú dices, ese dinero nos sacaría a flote perfectamente.

—Muy bien, Small —dijo el mayor—, supongo que tendremos que aceptar sus condiciones. Pero, como es natural, antes tendremos que comprobar la veracidad de su historia. Dígame dónde está escondida la caja y yo solicitaré un permiso e iré a la India en el barco mensual de suministros, para investigar el asunto.

—No tan deprisa —dije yo, que me iba enfriando a medida que él se acaloraba—. Tengo que obtener el visto bueno de mis tres camaradas. Ya le digo que tenemos que ser los cuatro o ninguno.

—¡Tonterías! —estalló—. ¿Qué pintan esos tres negros en nuestro trato?

—Negros o azules —dije yo—, están conmigo en esto y vamos todos juntos.

Pues bien, el trato se cerró en una segunda reunión, a la que asistieron Mahomet Singh, Abdullah Khan y Dost Akbar. Volvimos a discutir el asunto y al final nos pusimos de acuerdo. Nosotros proporcionaríamos a los dos oficiales sendos planos de aquella parte del fuerte de Agra, marcando el lugar en el que estaba escondido el tesoro. El mayor Sholto iría a la India a verificar nuestra historia. Si encontraba el cofre, debía dejarlo donde estaba, enviar un pequeño yate pertrechado para el viaje, con instrucciones de atracar frente a la isla de Rutland (ya nos las arreglaríamos nosotros para llegar allá), y por último, regresar a su puesto. A continuación, el capitán Morstan solicitaría un permiso, iría a reunirse con nosotros en Agra y allí repartiríamos por fin el tesoro. El capitán se llevaría su parte y la del mayor. Todo esto lo sellamos con los juramentos más solemnes que la mente pueda concebir y los labios pronunciar. Me pasé toda la noche dándole a la pluma, y por la mañana tenía terminados los dos planos, firmados con el signo de los cuatro: es decir,

Abdullah, Akbar, Mahomet y yo.

Bien, caballeros, los estoy aburriendo con mi larga historia y sé que mi amigo el señor Jones está impaciente por dejarme bien guardado en la jaula. Seré lo más breve que pueda. Aquel canalla de Sholto marchó a la India, pero ya no regresó jamás. Muy poco tiempo después, el capitán Morstan me enseñó su nombre en una lista de pasajeros de un buque correo. Había muerto un tío suyo, dejándole en herencia una fortuna, y él había abandonado el ejército. Sin embargo, aquello no le impidió rebajarse hasta el punto de traicionar a cinco hombres como lo hizo con nosotros. Poco después, Morstan fue a Agra y, tal como esperábamos, descubrió que el tesoro había volado. Aquella sabandija lo había robado todo, sin cumplir ninguna de las condiciones bajo las que le habíamos confiado el secreto.

Desde aquel día, viví sólo para la venganza. Pensaba en ella de día y me recreaba en ella por la noche. Se convirtió en una pasión absorbente que me dominó por completo. No me importaba nada la ley, ni me asustaba la horca. Escapar, seguirle la pista a Sholto, echarle la mano al cuello ... aquellos eran mis únicos pensamientos. Incluso el tesoro de Agra se había convertido para mí en algo secundario, comparado con matar á Sholto.

Pues bien, en esta vida yo me he propuesto muchas cosas, y jamás hubo una que dejara de hacer. Pero pasaron largos años hasta que llegó mi momento. Ya les he dicho que había aprendido algo de medicina. Un día, cuando el doctor Somerton estaba en cama con fiebre, un grupo de presos recogió en el bosque a uno de aquellos pequeños nativos de las Andamán. Estaba mortalmente enfermo y había buscado un lugar solitario para morir. Me hice cargo de él, aunque era tan venenoso como una cría de serpiente, y al cabo de un par de meses lo tuve curado y capaz de andar. A partir de entonces, me cogió cariño y se quedó siempre rondando alrededor de mi cabaña, sin regresar casi nunca a su bosque. Aprendí de él un poco de su idioma, y esto hizo que se encariñara aún más conmigo.

Tonga, que así se llamaba, era un hábil piragüista y poseía una canoa grande y espaciosa. Cuando comprendí que sentía devoción por mí y que haría cualquier cosa por ayudarme, vi la oportunidad de fugarme. Hablé con él del asunto. Le dije que llevara su canoa cierta noche a un viejo embarcadero que nunca estaba vigilado y que me recogiera allí. Le indiqué además que llevara varias calabazas de agua y un buen montón de ñames, cocos y batatas.

¡Qué firme y leal era el pequeño Tonga! Nadie tuvo jamás un camarada más fiel. La noche convenida, llevó su bote al embarcadero. Pero dio la casualidad de que allí se encontraba uno de los guardias del presidio, un asqueroso afgano que jamás había dejado pasar una ocasión de insultarme y humillarme. Yo había jurado vengarme de él, y ahora tenía la oportunidad. Era como si el destino lo hubiera puesto en mi camino para que saldara cuentas con él antes de abandonar la isla. Estaba de pie a la orilla del agua, de espaldas a mí, con la carabina al hombro. Busqué una piedra con la que aplastarle los sesos, pero no encontré ninguna.

Entonces se me ocurrió una idea extraña, y supe dónde podía conseguir un arma. Me senté en la oscuridad y solté las correas de mi pata de palo. Con tres largos saltos a la pata coja, caí sobre él. Se llevó la carabina al hombro, pero yo le golpeé de lleno, hundiéndole toda la parte delantera del cráneo. Todavía se ve la muesca en la madera, donde pegó el golpe. Los dos caímos al suelo juntos, porque yo no pude mantener el equilibrio, pero cuando me incorporé vi que él se quedaba caído e inmóvil. Salté a la canoa y en menos de una hora estábamos ya bastante mar adentro. Tonga se había llevado todas sus posesiones, sus armas y sus dioses. Entre otras cosas, tenía una larga lanza de bambú y varias esteras de palma de cocotero, con las que construí una especie de vela. Navegamos sin rumbo fijo durante diez días, confiando en la suerte, y al undécimo nos recogió un barco mercante que iba de Singapur a Yidda con un pasaje de peregrinos malayos. Era una gente bastante rara, pero Tonga y yo tardamos muy poco en instalarnos entre ellos. Tenían una buena cualidad: que te dejaban en paz y no hacían preguntas.

En fin, si fuera a contarles todas las aventuras que corrimos mi pequeño camarada y yo, no creo que ustedes me lo agradecieran, porque los entretendría aquí hasta después de salir el sol. Fuimos de un lado a otro, dando tumbos por el mundo, y siempre ocurría algo que nos impedía llegar a Londres. Pero en ningún momento perdí de vista mi objetivo. Por las noches soñaba con Sholto. Lo habré matado en sueños cientos de veces. Pero por fin, hace tres o cuatro años, conseguimos llegar a Inglaterra. No me resultó muy difícil averiguar donde vivía Sholto, y me propuse descubrir si había vendido el tesoro o todavía lo tenía en su poder. Hice amistad con alguien que estaba en condiciones de ayudarme, y no doy nombres, porque no quiero meter en líos a nadie más, y pronto averigüé que aún tenía las joyas. Entonces intenté llegar hasta él de muchas maneras; pero era un tipo astuto, y siempre tenía dos boxeadores protegiéndolo, además de sus hijos y su khitmutgar

Sin embargo, un día me avisaron de que se estaba muriendo. Corrí inmediatamente a su jardín, enloquecido al pensar que se me iba a escapar de las manos de aquella manera. Miré por la ventana y lo vi tendido en su cama, con uno de sus hijos a cada lado. Estaba dispuesto a entrar y enfrentarme a los tres, pero justo en aquel momento vi que se le desplomaba la mandíbula y comprendí que había muerto. A pesar de todo, aquella misma noche entré en su habitación y registré sus papeles para ver si había dejado alguna constancia de dónde estaban escondidas las joyas. Sin embargo, no encontré nada y tuve que marcharme, frustrado y enfurecido a más no poder. Antes de retirarme, se me ocurrió que si alguna vez volvía a ver a mis amigos sikhs, les agradaría saber que había dejado alguna señal de nuestro odio; así que garabateé el signo de los cuatro, igual que en el plano, y se lo clavé en el pecho con un alfiler. No podíamos permitir que lo llevaran a la tumba sin algún recuerdo de los hombres a los que había robado y engañado.

Por aquella época nos ganábamos la vida exhibiendo al pobre Tonga, en ferias y sitios así, como «el caníbal negro». Comía carne cruda y bailaba su danza de guerra, y al final de la jornada siempre teníamos el sombrero lleno de peniques. Seguía al corriente de todo lo que sucedía en el Pabellón Pondicherry, y durante varios años no hubo novedades, aparte de que continuaban buscando el tesoro. Pero por fin llegó la noticia que tanto tiempo llevaba esperando: habían encontrado el tesoro. Estaba en el piso alto de la casa, en el laboratorio de química del señor Bartholomew Sholto. Me fui para allá de inmediato y eché un vistazo al sitio, pero no vi manera de llegar hasta él con mi pata de palo. Sin embargo, me enteré de que había una trampilla en el tejado y me informé de la hora a la que cenaba el señor Sholto. Me pareció que, con ayuda de Tonga, podía conseguirlo con facilidad. Lo llevé allí y le enrollé a la cintura una cuerda larga. Tonga trepaba como un gato y no tardó en alcanzar el tejado. Pero la mala suerte quiso que Bartholomew Sholto se encontrara aún en su habitación, y eso le costó caro. Tonga pensaba que había hecho algo muy inteligente al matarlo, porque cuando yo llegué arriba trepando por la cuerda, lo encontré pavoneándose, orgulloso como un pavo real. Y qué sorpresa se llevó cuando lo azoté con el cabo de la cuerda y lo maldije, llamándole diablo sediento de sangre. Cogí la caja del tesoro y la descolgué por la ventana. Luego bajé yo, pero antes dejé el signo de los cuatro sobre la mesa, para que se supiera que las joyas habían vuelto por fin a manos de los que más derecho tenían a ellas. Entonces Tonga recogió la cuerda, cerró la ventana y salió por donde había entrado.

Creo que no tengo más que contarles. Había oído a un barquero hablar de lo veloz que era la lancha de Smith, la Aurora, y pensé que nos vendría muy bien para escapar. Me puse de acuerdo con el viejo Smith, y pensaba pagarle una fuerte suma si nos llevaba a salvo a nuestro barco. Supongo que Smith se daba cuenta de que aquí había gato encerrado, pero no sabía nada de nuestro secreto. Esta es toda la verdad, y si se la he contado no ha sido para divertirlos, ya que ustedes me han jugado una mala pasada, sino porque creo que mi mejor defensa consiste en no ocultar nada y dejar que todos sepan lo mal que se portó conmigo el mayor Sholto y lo inocente que soy de la muerte de su hijo.

—Un relato extraordinario —dijo Sherlock Holmes—. Un cierre apropiado para un caso sumamente interesante. En la última parte de su narración no había nada nuevo para mí, excepto lo de que llevó usted la cuerda. Eso no lo sabía. Por cierto, tenía la esperanza de que Tonga hubiera perdido todos sus dardos, pero se las arregló para dispararnos uno en la lancha.

—Los había perdido todos, excepto el que llevaba montado en la cerbatana.

—Ah, claro —dijo Holmes—. No se me había ocurrido.

—¿Hay algún otro detalle que deseen preguntarme? —preguntó el preso en tono afable.

—Creo que no, gracias —respondió mi compañero.

—Bien, Holmes —dijo Athelney Jones—. Ya le hemos dado gusto y todos sabemos que es usted un entendido en crímenes; pero el deber es el deber y ya he llegado bastante lejos haciendo lo que usted y su amigo me pidieron. Estaré más tranquilo cuando haya puesto a buen recaudo a nuestro narrador. El coche aún espera y tengo dos inspectores abajo. Les estoy muy agradecido por su ayuda. Como es natural, tendrán que asistir al juicio. Buenas noches.

—Buenas noches, caballeros —dijo Jonathan Small.

—Usted delante, Small —dijo el prudente Jones al salir de la habitación—. Pienso poner especial cuidado en que no me aporree con su pata de palo, como dice que le hizo a aquel caballero en las islas Andaman.

—Bien, con esto termina nuestro pequeño drama —comenté, después de que hubiéramos estado un buen rato fumando en silencio—. Me temo que ésta puede ser la última investigación en la que tenga ocasión de estudiar sus métodos. La señorita Morstan me ha hecho el honor de aceptarme como futuro marido.

Holmes dejó escapar un gemido de lamentación.

—Me temía algo así —dijo—. Y, sinceramente, no puedo felicitarle. Me sentí un poco ofendido.

—¿Tiene algún motivo para que le desagrade mi elección? —pregunté.

—No, en absoluto. Opino que es una de las muchachas más encantadoras que he conocido, y podría haber resultado muy útil en un trabajo como el nuestro. Posee verdadero talento para estas cosas. Fíjese en cómo conservó el plano de Agra, seleccionándolo entre todos los demás papeles de su padre. Pero el amor es una cosa emotiva, y todo lo emotivo es contrario a la razón pura y serena, que yo valoro por encima de todo lo demás. Yo nunca me casaría, porque eso podría condicionar mi buen juicio.

—Confío —dije, echándome a reír— en que mi buen juicio logre sobrevivir a esta prueba. Pero le veo fatigado.

—Sí, ya me viene la reacción. Durante la próxima semana estaré más flojo que un trapo.

—Es extraño —dije— cómo alternan en usted períodos de lo que en otra persona podríamos llamar vagancia con arranques de energía y vigor deslumbrantes.

—Sí —respondió—. Llevo dentro de mí materiales para hacer un vago de campeonato y también un tipo de lo más activo. A veces me acuerdo de aquella frase del viejo Goethe: «Schade, dass die Natur nur einen Mensch aus dir schuf,/Denn zum würdigen Mann war und zum Schelmen der Stoff.»

Y por cierto, volviendo al asunto de Norwood, ya ve usted que, como yo sospechaba, tenían un cómplice en la casa, que no puede ser otro que Lal Rao, el mayordomo. Así pues, a Jones le corresponde en exclusiva el honor de haber capturado al menos un pez en su gran redada.

—El reparto me parece tremendamente injusto —comenté—. Usted ha hecho todo el trabajo en este asunto. Yo he conseguido una esposa, Jones se lleva el mérito... ¿Quiere decirme qué le queda a usted?

—A mí —dijo Sherlock Holmes— me queda todavía el frasco de cocaína. Y levantó su mano blanca y alargada para cogerlo.